哈哈山的噴嚏王

林加春 著

哈哈山的噴嚏王

c.o.n.t.e.n.t.s

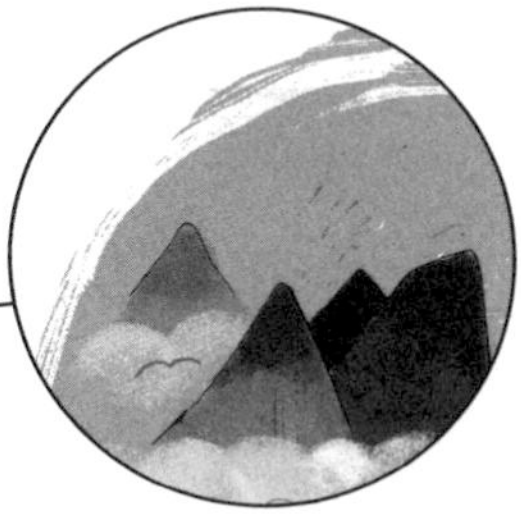

目錄

一眉姑娘

眉山腳下，有一條長長的眉河，河水整年不斷的流，水聲輕輕柔柔地，不管是颱風天、乾旱天，它一貫是細細甜甜的流，河床寬度沒變過，河水水位沒改過，倒是來往的行旅們發現，眉河的水越流越長了。

「就像一眉姑娘嘛！」有人說。是的，這眉河跟一眉姑娘是一個樣兒的性子，溫婉得從不跟人發脾氣，好多年了，模樣兒絲毫沒改，只就是她的眉毛更長啦。

說到一眉姑娘，村子上的人總是眼睛一亮，隨後又嘆氣：「唉，可惜了這個好姑娘。」

一眉姑娘真是個好姑娘，瓜子兒臉，粉嫩的皮膚，配上端正的五官和勻稱的身材，真美呀！她天天忙做活：一塊田要耕種，一圈牲口要餵養，家裡頭還有老母親需要她照顧；挑水、砍柴、洗衣、做飯，她打理得樣樣不差。

老媽媽愛極了這姑娘，只就有一件事放在心裡讓老媽媽難過：「來，我瞧瞧，眉毛長出來沒？」一眉姑娘蹲下身，仰起臉兒湊近老媽媽眼前。

老媽媽瞇起眼，仔細端詳好久，終於還是搖搖頭，顫巍巍的手撫著姑娘的眉毛，愛憐的說：「乖女兒，我啥也沒瞧見，只看到一個個針眼兒，你還疼不疼呢？」

一眉姑娘笑笑：「您甭擔心，我不疼，眉毛不長也沒關係，我去做活啦。」話說著，姑娘輕巧的身影早出去了。

老媽媽閉上眼，姑娘的眉毛真令人操煩哪！好脾氣的美麗的一眉姑娘，為什麼偏偏只有一根眉毛呢？

打一出生，姑娘就只有左右各一根眉毛，起先還淡得看不出，稍大些後，眉毛變黑了，也變長了，可是就只有一根，長長的垂在兩頰上，被野孩子當笑話來捉弄她。姑娘脾氣好，不和野孩子吵嘴，卻偷偷躲起來流眼淚。

「唉，有什麼辦法呢？」老媽媽嘆口氣。

有人說：「拔掉！用畫的不就成了。」老媽媽想扯斷那細細的眉毛，卻把姑娘揪痛了；老媽媽拿剪刀「喀嚓」剪斷它，不久就又長出一根長長的眉毛來。

有人說：「抹生薑片就可以長出來了！」老媽媽挖來辣辣的老薑，給姑娘抹了又抹，姑娘辣得眼睛紅腫，閉緊眼睛喊受不了，眉毛依舊是一根而已，卻越長越長。

「該長的全長到那一根眉毛去了。」老媽媽沒奈何，只得把眉毛打成一個個的結，像掛著一串黑珍珠似的。

有人說：「拿繡花針去刺吧，刺出小洞，好讓眉毛長出來。」老媽媽狠著心，在姑娘眼皮上頭扎出無數個針眼，姑娘不哭不喊緊閉著嘴，只怕老媽媽一失手，繡花針扎進眼裡頭。可是針眼都結成疤了，依舊只有那一根眉毛，還又更長了！

「該長的全長到這根眉毛上了。」老媽媽無奈，再替姑娘把新長的眉毛打成結，黑珍珠串太長了，只好拉到腦後勺綁成辮子。

「多奇怪的姑娘呀！」村子上的人也沒法子可想，卻再也捨不得捉弄她，管她叫「一眉」姑娘。

姑娘不死心，跑到廟裏求菩薩：「菩薩神仙，讓我多長些眉毛吧，我這樣子多難看呀！」

姑娘求啊拜啊，咦，菩薩身後傳出聲音來了：「你比光頭和尚好太多嘍，你那眉毛是寶貝，別不知足啦。」

姑娘摸摸眉毛，「不過是根毛髮罷了，哪裡是什麼寶貝？」

「獨一無二，別人沒有的東西，不就是寶貝？」既然菩薩都這麼說，姑娘也就死了心，從此不再為眉毛煩惱，任憑它一年長過一年。

一天，村子上的人發現，河水變淺了；再過一天，河水全乾了！這可糟糕，村子裡的灌溉、煮食、洗刷，都全靠這一條河，沒水怎麼行！

好端端的怎麼沒水啦？村長帶著人求雨，一場大雨嘩啦啦下了整天整夜，雨停後，村人聚攏到河邊一瞧，河床上土石溼溼地，水全沒到地裡啦。

「真邪門！」「八成水源被截住了！」大夥兒七嘴八舌。

「來幾個人跟我去瞧瞧。」村長一馬當先，帶著人手沿河往上走。眾人吆吆喝喝來到山上源頭，仔細一看都傻眼了。

河水打山壁上一個洞口冒出來，只是這會兒光有細細的水絲滲著，洞全給堵住了。「是啥東西呀？」有個膽大的找來樹枝去撥它，哎呀，竟然是魚，一大堆的魚，「噗哧噗哧」黑壓壓的一團，還活蹦亂跳哩，卻在洞裡頭不出來，河水就這麼給堵住了。

七八個大漢拿棍子掏半天，居然一條魚也沒掏出來，真是怪事。回到村子上一講，村人都怕了：「是什麼魚呀？那麼邪！」「沒有水，一天都過不下哪！」「是咱們誰犯了哪條天規吧！」「一定是天老爺罰的！」「恐怕是沖撞了哪個仙道，去求菩薩吧！」

全村人跪到廟前求菩薩，唷，菩薩真說話了：「你們拿寶貝去抓魚吧！」村人連忙回家翻翻找找，帶著家藏寶貝上山去。

有人小心翼翼捧著金銀珠寶放進洞，卻被魚給擠出來，疼得那些人滿地撿拾。

「這個才是寶貝啦。」說話的人咬緊牙，剪碎了綾羅綢緞擠進洞，哇，這更糟糕，洞口給堵得更死，水絲也滲不出來了。

「拿走拿走，看我的。」又有人拿來古董字畫推進洞，那些魚不識貨，劈哩啪啦又把寶貝摔出來。

一群人苦著臉，折損了寶貝不說，洞還是堵著的，難道菩薩說錯了？

全村人半信半疑跪到廟前再去求菩薩：「菩薩神仙，怎麼寶貝沒效呀？」

嘿，菩薩居然笑了：「呵呵呵，獨一無二的才是寶貝呀！」

什麼話！咱們家藏祖傳的不是寶貝嗎？什麼東西是獨一無二的呢？

大夥兒又回家去翻箱倒櫃，找那獨一無二的寶貝。

廟前留下老媽媽和一眉姑娘，她倆心裡明白，獨一無二的，不就是姑娘那黑珍珠似的眉毛嗎？老媽媽顫巍巍的手捧起姑娘的臉，抖著聲音說：「乖女兒，這可怎麼辦？」姑娘蹲下身抱著老媽媽，輕柔的聲音像銀鈴：「您甭擔心，菩薩會照顧咱們的。」

於是，一眉姑娘上山了，全村的壯漢陪著姑娘去。

到了洞口，姑娘解下長長的眉毛辮，甩進黑壓壓的魚群裡。說也奇怪，那魚一咬著珍珠似的眉毛結，就立刻彈出洞外，變成石頭了。一條又一條的魚彈出來，原先滲著的水絲變成一股細細的水流，洞外的石頭越堆越高，水越流越大，姑娘的眉毛卻越來越短。

右邊的眉毛被咬短了，姑娘又把左邊的眉毛甩進洞。彈出來的魚漸漸大了，石頭也滾得更遠，壯漢們閃到一邊，怕叫石頭給砸了。

洞裡慢慢傳出「轟轟」的聲響，姑娘抓緊眉毛辮，留意著洞裡的

魚。有個黑黑的影子在水裡游，卻總咬不到眉毛，姑娘的手都舉酸了，甩過去的眉毛老被水流出來。她索性再往前站，手拿著眉毛伸進水中，遞給那游著的黑影。

洞裡傳出打雷聲。「姑娘，小心點唷！」壯漢們扯開嗓門喊。姑娘有點害怕，手卻依然長長的伸入洞中。

那團黑影咬著眉毛了，「潑喇」一聲彈出洞外。赫，好大一條怪魚呀，迎面撞得姑娘「蹬蹬」退後幾步，「咚」，跌坐在石堆上。怪魚在半空裡扭轉幾回，轟然一聲落下，撞得地震般樹搖山動。

壯漢們剛要上前拉起姑娘，「蓬」，洞口噴出大水，壯漢們閃得快，姑娘和那堆石頭卻被大水沖得直滾下山。

河裡又有水了，清澈平靜的流著。村人在河中撈起一眉姑娘，悲傷的老媽媽看見，姑娘的眉毛長齊了，兩道秀眉襯得姑娘的臉蛋更美、更標緻，只可惜，姑娘永遠睡著了。

眉山和眉河從此定了名也定了性，像一眉姑娘般的美麗溫柔，沒再鬧過丁點兒脾氣。不少人陪著老媽媽落淚：「唉，真正的寶貝是留不住的！」可不是嗎？獨一無二的一眉姑娘，真正是個寶貝呀！

巫婆的小包包

大熱天，火辣的陽光把每一隻動物都趕到窩巢裏、洞穴中或樹蔭下，沒有誰想在這時候去跟熱情的太陽打招呼。

一隻白頭翁，躲在鬍鬚掛滿身的老榕樹懷裏打盹，忽然，有個聲音喊他：

「喂，幫幫忙好不好？」一個圓滾滾的東西飛到他面前的樹枝上，蹲下來。哇，是一隻超級胖的燕子！

看白頭翁還在發愣，燕子又叫：「幫個忙好嗎？幫我背這個小包包，我喘死了。」

喔，這很簡單嘛，白頭翁一口答應了。誰知道，那包包才掛上脖子，立刻就黏住肚皮，好可怕呀！再看燕子，包包一拿掉，胖身材就不見了。這包包是什麼怪物呢？

「對不起，那包包是巫婆的。」燕子很高興能變回輕靈修長的曲線：「巫婆下過咒語，誰背了它就會變胖，如果你不幫它找個新主人，那就要一輩子跟它作伴。」

燕子開心的飛走了。

白頭翁左甩右甩，不但沒把包包甩掉，反而因為重心不穩，差點從樹上掉下來。

怎麼辦？白頭翁懊惱沮喪的蹲在樹上，整整一天一夜什麼都不吃。「這樣應該會瘦一些吧？」可是當他飛上樹梢時，哎呀，那樹枝竟然「啪」折斷了！

大吃一驚的白頭翁，飛到水塘邊照鏡子。好大一團黑影投在水面，天哪，這比昨天還更胖！

「請問，」一個羞怯的聲音打斷白頭翁的傷心，是隻小青蛙：「你都是吃什麼長胖的？為什麼我都吃不胖、長不壯呢？」

哈，太好了，白頭翁忙不迭地說：「只要你肯替我背這個小包包，你想要多胖都沒問題。」

青蛙喜出望外，拿下小包包就往身上掛。說也奇怪，白頭翁只覺得身子一輕，變苗條了，而青蛙卻長出一團肉來。

「謝謝你，我走了。」青蛙跳進草叢裏。

糟糕，白頭翁還沒告訴他巫婆下咒語的事！「萬一青蛙胖死了……」白頭翁越想越不安。

果然，沒幾天問題就來了。

「請你把包包拿回去吧！」一個球滾過來跟他說話。白頭翁打量好久，「是你嗎？小青蛙？」

「沒錯，請你拿回你的包包，我不想再胖了。」青蛙激動的滾來滾去：「我爸媽還有我的朋友，都說我太胖了，不讓我吃東西，連水也不准我喝。我已經餓好幾天，這種日子太難受了！而且，我連不吃不喝都會發胖，嗅，這樣下去，我不餓死也要胖死……」

白頭翁嚇得直發抖，怎麼辦呢？

「多不公平啊，你胖成這樣，我卻一點肉也沒有！」公雞停在青蛙旁邊發牢騷。

「看到我身上的包包嗎？拿去，背上它，你就會有很多肉。」青蛙沒好氣的說。果然，背上包包的公雞，肚皮立刻鼓起一圈，他興奮的「咯咯咯」大叫。

「嘓嘓嘓」，青蛙也在叫，對自己瘦小的樣子非常滿意。

然而，公雞才胖三天就惹上麻煩。

「咯咯咯，救命呀，救命呀！」肥嘟嘟的胖公雞撅著大屁股，又撲又跳的驚惶亂叫。主人拿著菜刀，三兩步就抓住公雞：「嘿嘿，肥雞仔，夠我一家吃兩餐哩。」

說著，刀尖挑起雞脖子上的包包扔出去。這下魔咒解除了！公雞像施展縮骨功，瞬間就瘦瘦癟癟，溜出主人的手掌，「咯，咯咯咯。」逃之夭夭。

吃驚的主人望著雞屁股喃喃自語：「怎麼搞的？真邪門！」

嗯，白頭翁也這麼想。他剛才飛過這裏，居然被什麼給套住，飛不動了。停到樹上才發現，又是那個被詛咒的包包，真邪門！

「為什麼是我？為什麼每次都找我？」白頭翁想到自己也是被騙的受害者，卻被當成包包的主人，禁不住淚汪汪。

「算了，我也不要再去害誰，乾脆把這包包出租，讓大家都能嘗嘗胖一下的滋味。」白頭翁打起精神，掛出招牌：「胖胖包，包胖胖，租『胖』！」

瘦皮猴第一個上門：「哼，我要讓大家瞧瞧，看誰敢再笑我？」他挺著胖嘟嘟的身材到處拜訪親友，大夥兒都對他刮目相看，還紛紛查問

胖胖包出租店，打算也讓自己「有份量」些。

出租生意好得讓白頭翁意外。他的帳目記了滿滿一大本，有的動物只借半天，有的借用一周或半個月，也有隔一段時間就來租去用用的。顯然，他這個「想胖就胖，想瘦就瘦」的胖胖包，很符合大家的需求。

「不，你錯了！」松鼠氣呼呼的數落白頭翁：「你知道嗎？猴子用胖胖包增胖以後，到處去欺負同伴，耀武揚威的侵犯別人，為什麼你要借給他呢？」

「就是嘛，蛇更壞，他把自己變胖再到處嚇唬我們，惡作劇、開玩笑，鬧得太不像話了！」青蛙惱恨的說。

兔子紅著眼眶幽幽的訴苦：「能不能把胖胖包丟掉呢？小狗變胖後整天咆哮，威脅我們搬出可愛的家園，蘿蔔田都被他毀了！」

真想不到，胖胖包被利用來做壞事！白頭翁既懊悔又傷腦筋，他收回胖胖包，卸下招牌，思索著下一步要怎麼做。

三天後，肥胖臃腫的白頭翁出現在一棵瘦削的樟樹上。

「我要擺脫胖胖包的糾纏，永遠擺脫它！」白頭翁下定決心，喘著氣，顫危危的飛上高一點的樹枝，休息後再飛高，再休息，然後又飛高……

費了好大一番工夫，終於站到高高的樹頂，看準角度，白頭翁一骨碌跌下去。笨重的身軀像巨石般墜落，挨著樟樹的枝葉險險擦過。唉呀，一根樹枝勾到他身子，可惜他太重，嫩枝拉不住，只勾起他身上的包包。

成功了！

望著胖胖包如願的掛在樹上，白頭翁鬆口氣，展翅疾飛，以後，再也不會有誰來要求他收回這麻煩的東西了。

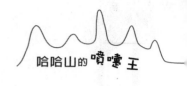

掛著胖胖的樟樹不停的長，長，長，枝幹粗壯，樹蔭濃密，舉頭看不到天。小樹長成了大神木，還是繼續長、長、長，樹幹插破天空，枝葉穿透雲層，它仍在長大！

風，被它撞得翻跟斗；飛機，得繞著它兜圈子。搞不清狀況的飛鳥、昆蟲，全都迷失在它懷裏。

夜空中，載巫婆飛行的掃把，不認得這黑漆漆的大神木，直直撞上去。

「咦，哪來這樣一棵樹？」巫婆疑惑的瞧著大樹，越看越古怪：

「不對，不對，這好像是我的產品！」

她拔出卡在枝葉間的掃把，重新坐好，「走！」掃把應聲沿著樹幹下降。

「嗚哩哇啦，啦哇哩嗚……」巫婆不停唸動咒語，濃密龐雜的枝葉，一簇簇、一叢叢，隨著咒語脫落隱去。

突然，一道白光從地面飛起，巫婆雙手招喊：「過來！」白光迅速飛進巫婆手中。大神木也在同時間，「唰」的一聲全部消失，露出寬敞的天空。

躺在巫婆手上的，正是那個胖胖包。

「嘿嘿，讓我瞧瞧，是誰拿走我的小包包……」巫婆打開包包，拿出第一張紙。字跡一行行浮現又消失：

失竊經過：主人在練習後空翻時掉落，被燕子接住，燕子一時貪心，想打開包包，因而啟動主人的保護咒語。

「喔，原來如此。」巫婆點點頭，再看第二張紙，放映電影般，把所有借用包包的動物和遭遇情形，全都顯現一遍。

「哼哼，還真精彩呢！」巫婆一邊說一邊笑，看得津津有味。

第三張紙內容簡單，只有幾個燙金的字：測試結果，白頭翁心地純正，請頒獎！

「哈哈」，巫婆開心大笑，收好包包，拍拍掃把：「走吧，我們去找那小傢伙。」

白頭翁還在睡呢。他夢到大神木倒了，巫婆出現在他面前，把那可怕的胖胖包又掛在他身上……

「不要哇！」掙扎中，白頭翁驚醒過來，巫婆真的在他面前，包包也在他身上！

「放心吧，小傢伙，這包包將會保護你不受任何危險，送給你，哈哈哈……」

可是，白頭翁剛才一急，頭髮全變黑了！現在我們所看到的黑頭翁，通通都是他的後代。

白犀牛王

犀牛山下的人們都知道那個傳說：犀牛山裡有隻碩大的犀牛王，很珍貴的白犀牛王。

有人見過牠的身影，但卻沒有人能抓到牠，因為牠住在高高的山頂上；因為牠很強壯，速度快；因為牠太珍貴稀奇，大家都想用陷阱活捉牠……種種原因，使得白犀牛王一直是個神奇的傳說，吸引著每一個人。

人們趁著進山打獵的時候，勘察地形、路線，順便打探白犀牛王的動靜。他們聊天，談的是白犀牛；他們睡覺，夢的是白犀牛。大家想著白犀牛都快想瘋了！終於，人們組成了狩獵隊，帶齊足夠的用具入山去，他們要去捕捉白犀牛，帶回來讓大家瞧瞧。

山腳下的鳥兒最先知道消息，牠們拍動翅膀，在樹林間穿梭，發出警報：「獵人來了，獵人來了。」

小兔子、小松鼠、小猴子，吱吱喳喳，一邊躲藏一邊通知大家：「獵人來了，獵人來了。」

山區裡的長頸鹿、斑馬、牛、羊，紛紛走避，草叢裡、樹影間，閃現著牠們的身軀，邊跑邊傳遞消息：「獵人來了，獵人來了。」

犀牛山一下子變得安安靜靜，沒有聲響。

獵人來了。

他們踩在熟悉的山徑上，穿越草原和樹林，雖然動物都不見了，但是獵人知道：每一片葉子的後面，都有一雙亮晶晶的眼睛瞪著他們；

每一塊岩石的背後，都有一雙靈敏的耳朵在諦聽。獵人們若無其事的走著，他們要的不是這些，他們只要傳說中的王——白犀牛王。

動物們張大眼睛，望著獵人走過身旁，走向更高的山。那裡有突起的岩石和一個一個的山洞，牠們的王就住在那裡！

「啪啪啪」，會飛的動物全飛起來，飛向牠們的王那裡。「窸窸窣窣」，會跑會爬的動物開始前進，向著牠們的王那裡移動。

獵人們驚訝的看著滿天飛鳥掠過頭上，又發現周圍枝葉草莖撥動，地面傳來「的的踏踏」的蹄聲，這是怎麼回事？動物們想做什麼？

狐疑的獵人瞪大眼，注視這不平靜的山區，有人手心冒汗，有人舔舐嘴唇，腳步依然朝著山裡邁。

白犀牛出現了！靜靜站在岩石堆後的草原上。陽光照著牠灰白的龐大身軀，那是神一般的塑像！

獵人們欣喜的擁上前，使盡本事去追趕牠。白犀牛奔馳在山區，牠跑得很快，每跑一步，地面就震動一次；牠跑得很穩，姿態雄壯威武，似乎是在巡視自己的國土。

獵人們跟隨著牠奔跑，子彈打不

中牠，繩索也套不住牠！

白犀牛跳過岩石，獵人也跳過岩石；白犀牛穿過樹林，獵人也穿過樹林；白犀牛跑過草原，獵人們也跑過草原。獵人們只能跟著白犀牛跑，跑……

四周是美麗但陌生的景色，這是哪裡？為什麼從來沒見過？獵人的腳步漸漸慢下來，他們被漂亮的風景迷惑了。

白犀牛就停在河谷對岸，定定的站著。柔柔的風吹乾獵人身上的汗，輕輕的流水澆熄獵人心中的慾望。神一般莊嚴的白犀牛，以國王的姿態對著獵人，這裡是牠的王國，鳥兒飛翔，動物們奔跑跳躍，林木花草搖曳，連岩石也都在呼吸嘆息。

拿著槍，背著繩索，一心想捕捉動物們的獵人，迷失在這片美麗的景色裡。一低頭，發現河中映現的影像，那不就是自己嗎？可是，這樣兇狠狠的嘴臉是多麼醜陋啊！哪裡配得上這兒美麗的土地呢？

自慚形穢的獵人，收起手上的工具，轉身走了。他們貪婪的心已經消失，帶著感動，獵人沿途向每一隻動物，每一棵植物，每一塊岩石們注目，在和風暖陽的歡送下，他們走出了白犀牛王的領土。

他們告訴所有想知道真相的人：「山裡頭有很多動物，牠們在那裡很快樂，何必去傷害牠們呢！」

至於那頭白犀牛王，獵人們這樣說：「是的，那是一隻白犀牛，是山裡面的王。不過，假如把牠抓來，那就只不過是頭動物罷了！」

亞力國王

蘇定國裡最聰明的長者舒仁年老了，再活也沒有幾年。最近，國王亞力把舒仁召進宮裡，要求舒仁把所有的知識學問都教給國王。

「這樣，萬一你死了，我就可以自己解決問題，不必去墳墓裡打擾你。」亞力笑咪咪，邊說邊要侍者端一杯人參茶給舒仁：「來，喝下這杯人參茶，你就有元氣了，我們再繼續。」

舒仁啞著嗓子，傴僂的身軀陷入柔軟座墊裡，他很累，但他不敢要求休息。體力雖然不足，精神雖然不濟，他的心智卻清澈透明。他記得自己修習過的每一樣學問，也完全了解國王的用意：知識要傳承下去！

然而，知識實在太多了，匆匆忙忙的講述傳授，再加上文書官在一旁的文字紀錄，也只是他腦海裡的小部分記憶。更何況，國王亞力並不像舒仁那麼聰明，最糟糕的是，國王亞力以為，自己是僅次於舒仁的聰明人！

年老的舒仁喘息著，他知道死神已經前來迎接，生命即將結束，不得已，舒仁告訴亞力：「陛下，派人去南方仙山，向仙人求取一塊智慧的銅塊；再派人去北方仙山，向仙人求取一根健康的木材；然後派人去東方仙山，向仙人求取一顆財富的火種。利用這些東西來發出聲音，聽到的人就可以得到智慧、健康、財富。」

說完，筋疲力竭的舒仁癱在座墊上，閉起眼睛。

國王叫衛士把舒仁送回家，自己迫不及待整裝出發，要去仙山找仙人求寶貝。

回到家後，舒仁在兒子的注視下緩緩睜開眼睛，問：「兒啊，智慧、健康和財富，哪一樣最重要？」

他的兒子，高挺年輕的舒正跪下來，握著老人無力的手說：「父親，對一般人來說，它們都很重要。」

「但是對我來說，」撫著父親蒼白衰老的臉孔，舒正哀傷的回答：「親愛的父親，我以為，擁有您的愛最重要。」

老人笑了，「很好，我看到你內心的慈悲了……」老人的聲音突然變小，舒正俯身趴在老人嘴邊，好聽清楚他的話語。

「智慧、健康和財富，一定要分享給所有的人。」這是舒仁跟著死神離去前，最後留下的交代。

辦完喪事，舒正沉痛的騎上馬，遵照父親的指示，向西方出發。

另一邊，國王亞力帶著士兵來至南方仙山，仙人們客客氣氣迎接每

一個人。

「我來求取智慧的銅塊。」國王亞力一個字也不浪費的說明來意。

仙人們說：「拿去吧，你想要拿多少銅塊，儘管拿去吧。」

當然是越多越好囉！

亞力毫不客氣，要衛士搬起一塊塊又大又重的銅塊，放在馬車上，運回皇宮。

仙人什麼話也沒說，只是朝這一列隊伍的背影搖搖頭。

北方仙山上的木材，一根根粗碩高壯，仙人們任憑國王亞力大肆搬取，只是微笑著不言不語。

馬車載走健康的木材，運回皇宮去。亞力又單人匹馬，往東方仙山去找財富的火種。

「是的，火種太多了，要多少就拿去吧。」仙人指著山頭。

一顆顆銀白的小石子，鼓碌碌進了亞力的皮囊，沉甸甸的壓在馬背上，馬兒踉蹌幾步才站穩。

「嗯，我想要的東西還會有什麼問題嗎？」亞力審視著一堆寶貝。智慧大銅塊被先送回皇宮，堆放在花園裡，隨後，又搬來了幾十根大木材，豎立在銅塊邊，裝火種的皮囊也已安置在國王的寢宮裡。

直到這時，國王亞力才想到那個聰明的長者，「舒仁呢？」

「他死了。」

亞力聳聳肩：「還好，我把他的知識都學來了。」

舒老頭的學問的確豐富，想到當時夜以繼日，不中斷的講了整整三個月，「幸虧我身體好又聰明，不然真吃不消呢！」亞力得意的笑起來。

同時間，卻有一聲又一聲長長深沉的嘆息，在皇宮外遙遠的西方國境響起。

「唉——」是舒正。他步履蹣跚，身上僅剩的一塊錢也用完了。剛剛，一個斷腿，傷口還流血的人倒在路旁呻吟，舒正就用那最後一塊錢替他治療包紮，再送他回家。

兩三天前，舒正把所騎的馬送給一戶窮人家。更早之前，他已把身上值錢的物品，都送給這一路上遇到的病患、傷者、窮人。現在，他一無所有，只有沉重的憂傷。

「唉！」舒正黯然嘆氣。任憑聰明、健康、財富是如何珍貴，沒有慈悲的心去看待，又能有什麼好處呢？自己從父親那兒學到的醫術、武藝和天文地理種種學問，竟然都改善不了這一路來的悲慘景象！父親說得對：「智慧、健康和財富，一定要分享給所有的人。」

西方仙山上的仙人和藹的接待他，並且告訴他：「這裡沒有寶物，只能讓你發現自己！回去吧，去幫助你的國王，造福所有的人。」

國王亞力需要幫助嗎？

那當然。皇宮裡的國王已經焦頭爛額想不出方法，正在暴跳如雷的咒罵著：「死老頭，這些東西為什麼發不出聲音來？他一定隱瞞了什麼沒教給我！」

他找了全國的大力士敲打銅塊，使盡了力氣，用鐵鎚，用石頭，用刀斧，甚至用搬回來的木材，任憑怎麼敲，都像打在空氣中，沒有聲音。他也想過用銅塊敲銅塊，結果相同。但越是如此，他越相信這些東西的確珍貴神奇！

「冷靜，冷靜，再想想看！」亞力告訴自己。反正必要的時候，就去敲開那老頭子舒仁的墳墓，怕什麼？

他決定孤注一擲，派人把所有財富的火種點引，放上所有健康的木材去燃燒。沒多久，直衝雲霄的煙霧裡，傳出了劈劈啪啪、嗶嗶剝剝的聲音。

「有聲音了，有聲音了。」工人和士兵高興得叫喊起來。

「閉嘴！」亞力命令大家安靜。等他聽見火堆裡的聲音後，他下令：把所有智慧的銅塊也丟入火堆裡。燒了很久很久，直到木材燒光火種燃盡，亞力失望了：他沒有聽見銅塊發出什麼聲音！

「難道是那死老頭欺騙我？」氣沖沖的亞力指著那堆燒過的銅塊：「都給我打，用力的打！」

十幾個大力士掄起鐵鎚、刀斧、石塊，砸呀砍呀敲呀，被打成塊狀、條狀、片狀的銅塊，依舊是啞巴不出聲。

「把這些廢物全扔了！」亞力大吼。

「請等一下。」花園外頭傳出清朗的聲音。大家好奇的注視著一個英挺的年輕人被帶進來。

亞力發現年輕人的面孔有點熟悉：「你是誰？」

「我叫舒正，是舒仁的兒子。」

「你來做什麼？」

舒正彎腰撿起一小片銅條，用手指一彈，一陣清脆悅耳的「噹噹」聲立刻響起來。大家驚訝極了，好聽的聲音在空氣中迴盪著。

亞力撿起銅塊也用手指去彈，卻沒聲音！他鐵青著臉問：「你的手上有什麼？」

舒正攤開雙手，什麼也沒有。

亞力不相信，「你怎麼做到的？你的父親把什麼秘密教給了你？」

「沒有秘密。」舒正一邊說一邊撿拾地上的銅塊：「慈悲最重要。」

他把銅塊分給士兵和工人，要他們都試著彈看看，有些彈出細小的

「澎澎」聲音，有些靜悄悄，只有一個工人彈出了清脆好聽的「噹噹」聲。這個時常好心幫助別人的木匠阿德，不敢相信的睜大眼睛。

「擁有慈悲，才能讓它發出聲音。」舒正恭敬的說。

「在哪裡？哪裡有慈悲？」亞力命令舒正：「你，帶我去尋找慈悲！」

就這樣，舒正帶領國王亞力走出皇宮，走入人群。

國王亞力看到一簇簇、一堆堆的人：衣不蔽體、骨瘦如柴、萎頓潦倒、哀號呻吟、冷漠無神、狡詐作惡、恃強欺弱、懶怠敷衍……各式各樣的遭遇。舒正憂傷的頓腳嘆氣，亞力只是看著，他問舒正：「慈悲長什麼樣子？」

搖搖頭，舒正說：「你看不見它，只能去感覺。」

逢到窮人，舒正拿出自己的錢財濟助他們。國王亞力有更多的錢，但他只是問：「這就是慈悲嗎？」

「不，我只是幫助他們。」舒正答。遇到病患，舒正用精湛的醫術免費給予治療，甚至送藥給他們。國王亞力也會醫病，但他只是默默的看。

「你為什麼要幫助他們？」亞力問。

「因為他們需要幫助。」舒正忍不住說：「如果他們也能擁有智慧、財富和健康，就不會是這副樣子了。」

亞力聽得心中一動：「你這樣做就能給他們健康、財富和智慧嗎？」

「不，不能。」

舒正摸摸口袋，發現錢用光了，他毫不猶豫的脫下皮靴，送給路旁一個又累又餓的老婦人：「把它拿去換點錢買食物吃吧。」

國王亞力皺起眉頭，他的隨從竟然光腳走路，太離譜了！

「你為什麼不向我要錢呢？」亞力很奇怪。

搖搖頭，舒正指著前面一群人：「他們比我更需要你的錢。」

亞力立刻從行囊裡抓起一把錢幣撒向那群人，但是這卻引起騷動，更多的窮人趕過來，圍住亞力和舒正。

「為什麼有這麼多可憐人？」亞力大吃一驚。

「他們全都是你的子民哪。」舒正小心翼翼帶領國王走出包圍。窮人們跟在他們後面，呻吟、呼喊：「幫幫我，救救我……」

亞力心事重重的不說話。想不到皇宮外面有這麼多不幸的人民！他這個國王居然都不知道！顯然他們都缺乏照顧，莫非，這些人的不幸全是他造成的！怎樣的幫助對他們才真的有用呢？

從行囊中拿出一塊銅片，亞力遞給舒正：「敲它，讓它發出聲音，給這些可憐的人聽。」

「這是為什麼？」

「我要讓這些人聽到它的聲音，這樣，他們就能得到智慧、財富和健康。拿去，把它敲出聲音來！」

舒正沒有伸手，他微笑的催促國王亞力：「你應該自己試試看。」

亞力用手指去彈觸銅塊，呀，一陣清脆的「噹噹」聲發出來，亞力再用力彈一下，沒錯，銅塊發出「噹噹」「噹噹」的樂聲，最前面那幾排窮人停住腳，仔細聽著。

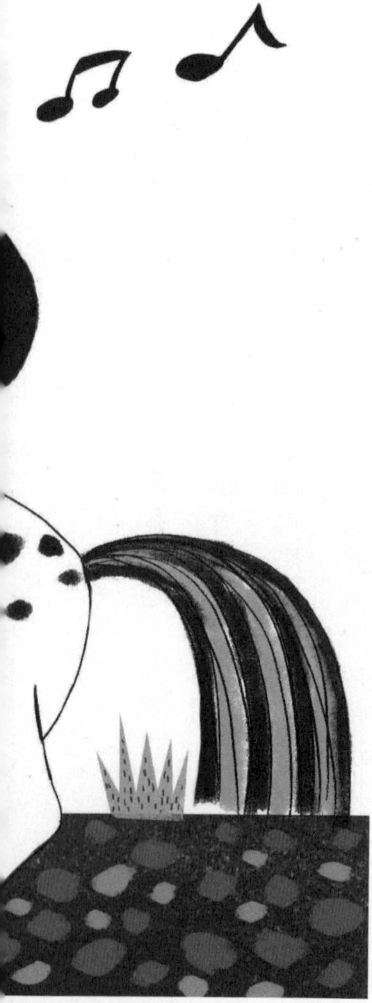

可是，亞力的眼光越過他們。在後面，更遠處的人還是推擠吵嚷，不斷騷動，根本聽不到！

亞力跨上馬，用兩塊銅片互相敲擊，「噹——」清清脆脆，好像鐘聲一般的樂音響徹天空。所有的人群全靜下來，聆聽這悠揚的聲音。

亞力心頭熱熱，眼眶紅紅，激動的再敲一次，更大更悅耳的聲音傳揚出去，人們臉上的愁苦不安消失了，奸詐狡黠、憤恨不平的模樣沒有了，他們舒展眉頭露出笑容，眼睛裡亮起喜悅的光彩，安詳的神態讓亞力大受感動。

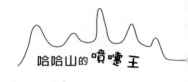

「請你幫我。」第一次，國王亞力客客氣氣的說話：「舒正，你比我聰明，我知道。請你幫我，我要讓他們過好日子，不再貧窮、不再傷病、不再愚昧。」亞力又一次誠懇的彎腰行禮：「請你幫我。」

國王亞力忘了，他忘了自己是來找尋慈悲的。現在，他只想到要幫

助人民。於是，當舒正陪亞力回到皇宮，所有的大臣和士兵都發現：國王變了。

大臣們被派到全國各地，把土地分配給壯丁，並教導他們耕種；又設立學校，免費教人民識字讀書。大夫分批輪流到各處，免費診治傷患，士兵們也被派出去維持秩序；工匠被召進宮，把所有銅塊打造成小巧的銅管風鈴，送到全國各地掛起來，讓清脆悅耳的噹噹叮叮樂聲隨時飄揚。

最後，亞力找來所有讀書人，請他們抄寫舒仁生前所傳授的全部知識。「把這些抄好的書送到每一所學校，作為學習的教材。」亞力這樣命令。

「我終於明白，」國王亞力告訴舒正：「智慧、健康和財富，一定要分享給所有的人。」

「叮叮噹噹」，風鈴聲伴奏裡，舒正的回答清朗嘹亮：「是的，正是如此，聰明仁慈的國王。」

老虎換新牙

每年，動物們都有一個祈福慶典，選在被抽中的動物生日當天，大家熱鬧的聚會，祝賀壽星，也祈求平安。

辦一個歡樂節慶是動物們共同的期待，尤其是老虎最興奮，因為即將到來的虎節，主角正是他，多光采呀。

老虎把屋舍清理乾淨，還仔細消毒一番，又拿油漆把屋子外牆粉刷成一個虎面具，醒目耀眼，連天上飛的鳥雀隔著老遠都能看得一清二楚。

動物們輪番來參觀，羨慕極了，他們只能清掃、消毒，想粉刷房屋嗎？免談，那可是虎節的主角才有的特權喔。

興奮的老虎忘了一件事，他的虎牙沒清理！牙縫裡塞著十天前吃的肉屑，在他溫暖的口腔裡發酸，變成蟲，開始啃他的牙齒嘍。牙痛不是病，可是照樣會讓老虎要命一樣的呻吟、哀叫，完全顧不得他的主角形象。

動物們惴惴不安，節慶的主角若是在慶祝時還這麼病歪歪的喘氣，躺著不動，一張虎臉腫成大麵包，那可不是件好事，預兆著今年大夥兒都會很慘！

「不行，不行，快去請醫生來。」獅子果斷的說。

啄木鳥立刻被找來了。

「唔，你這口牙全爛了，要拔掉！」啄木鳥診斷完畢，搖搖頭。

「拔牙？」動物們嚇一跳。

老虎痛得難過，卻還腦筋清醒的問：「要拔哪一顆牙？」

「全部拔掉！」

老虎嚇得渾身打顫：「拔光光？」

「對，拔光，不然你的嘴巴很快也會爛掉。」啄木鳥把嘴洗乾淨，開始「蠹蠹、蠹蠹」，用力敲打老虎的爛牙。

可別以為老虎會痛暈過去喔，正好相反，啄木鳥啄下一顆虎牙，老虎就

舒服一分，痛苦就減輕一分。也千萬別想像老虎一定滿口鮮血，根本沒有，啄木鳥太厲害了，堅硬的嘴敲下去，順便咬住牙齒，頭一轉，老虎就覺得嘴巴少了個負擔。

很快，牙齒拔光了，老虎又站起來四處走動。

可是，他原本腫大的麵包臉，這時卻成了塌陷的乾橘子臉，嘴巴癟癟的，讓動物們看了很難過，一隻沒精神的老虎，是不是也象徵著：今年大家都會過得苦哈哈的？

「不行，不行，得幫他裝上牙齒才好。」犀牛提醒大家。

啄木鳥篤定的說：「沒問題，誰的牙齒要借他？」

「我的牙齒太長了，磨牙很麻煩，送給他吧，不用還了。」老鼠一副求之不得的神態。

「好，就這麼辦。」啄木鳥「蠹蠹，蠹蠹」敲下老鼠的牙齒，裝到

老虎嘴巴去。

「來，你們看看。」

大家打量老虎，怎麼臉還是凹的，嘴還是癟的呢？

「這副牙齒太細太小，根本撐不起他的嘴皮嘛。」山豬發現答案了。

「好，換大一點的，誰的牙齒要送他？」啄木鳥好脾氣的問。

「我的牙齒最大，送他一截好了。」大象伸著粗粗大大的象牙湊過來。

啄木鳥先「剁剁剁剁」，敲下一段大象牙，再啄出好幾顆牙齒形狀，又「蠹蠹，蠹蠹」，敲下老虎嘴裡的鼠牙，最後，把象牙裝入老虎的牙洞裡。

忙了好久，終於大功告成。

「來，瞧一瞧，這副牙怎麼樣？」啄木鳥扭扭脖子。

哇，怎麼變成一張大暴牙的臉呢？動物們懷疑的望著這張陌生的虎臉。

「象牙太大了，嘴皮根本包不住嘛。」河馬找出毛病來。

「我的牙齒不大也不小，就用我的吧。」水牛毛遂自薦。

「好吧。」啄木鳥嘆口氣。他先敲下水牛的牙齒，再敲下老虎口中的象牙，然後，再把水牛的牙齒裝入老虎嘴巴。

「喂，我累了，要回去睡覺了。」捧著發麻的尖嘴，啄木鳥拍翅膀飛走。

大夥兒看著老虎，感覺不對勁。

「這口牙扁扁平平，怎麼用呢？」老虎咂著嘴，很不習慣。

「我知道了，你是尖尖的牙，水牛鈍鈍大大的，當然不合你的口嘍。」駱駝看懂啦。

動物們愁眉苦臉，怎麼辦呢？

生日前夕，老虎空著肚子呆在屋裡，不合口的牙讓他覺得每樣東西都很難吃，也沒心情吃。慶典就要到了，老虎沮喪的想：明天怎麼有臉去跟大家見面呢？

啄木鳥一覺睡醒，天已經濛濛亮，他趕到老虎家，就在晨光裡「蠹蠹蠹蠹」又工作起來。

聲音驚動樹上的鳥兒，一陣嚷叫，把動物們都吵醒了。

新的一天在陽光祝賀下亮起笑容，至於那位主角──老虎先生，會用什麼面貌來為大家祈福呢？動物們一邊起身一邊猜測。

「早哇，各位，虎年快樂！祝大家虎虎生風，有生龍活虎的筋骨，虎頭虎腦的體魄，加上虎膽妙算的智慧……」

洪亮的笑聲傳到每一隻耳朵，老虎威風神氣的臉，隨著陽光也照映

到每一隻眼睛裡。嶄新的虎牙在他嘴裡閃閃發光，哎唷，是哪裡找到的好牙齒，這麼恰好得就像沒拔過牙似的。

「虎先生，您虎父虎子，令我們談虎色變，太偉大了。」

「虎壽星，恭喜呀。」

「虎大哥，生日快樂，您變英俊了。」

「虎大爺，生日快樂，您真帥呀！」

「虎伯伯，祝長命百歲，您是最佳主角喔。」

動物們紛紛跟老虎祝壽，也互相慶幸，今年將會平安順利。

獅子忍不住問：「虎老弟，你怎麼變得年輕又英俊啦？」

老虎哈哈大笑：「你們都忘了，最合用的還是自己的東西，所以，我的爪就成了我的牙……」

原來如此，是一口好牙使他變得有精神了。動物恍然大悟。

「不過，你的牙千萬要小心愛護，我可不想再虎口拔牙了！」啄木鳥對著自己的傑作，一半得意一半冒冷汗，虎口拔牙的經驗實在太難忘了。

「虎兄，新牙好用嗎？」花豹好奇的問。

「哈哈，馬馬虎虎啦。」老虎開心極了：「新牙上市，歡迎試用，一律免費招待，哈哈……」

豬阿弟得獎

安親班裡，小豬仔阿弟站在書架前，一本一本翻。他只看圖，而且翻頁翻得很快，蜘蛛阿絲跳到阿弟鼻頭，想要跟著看，被「唰唰」翻頁的風吹落在阿弟嘴皮上，差點被他口水打溼了。

阿弟在找吃的嗎？口水流這麼多！

哪有像風吹落葉這麼樣看書的，連圖上有什麼都沒看清楚。

一本換過一本，阿弟已經把安親班的書翻過一半，他還繼續抽出另一排書架上的書，再翻。

阿絲爬到阿弟耳朵裡，問他：「喂，你在找什麼？」

感到耳朵癢，悶悶脹脹，阿弟閉嘴捏鼻子，腮幫子用力鼓，一股風從耳朵衝出來，把阿絲推落到書架上。

沒見過這麼愛讀書的豬小孩。阿絲跳進黑暗角落，忙著結網，「我要做一張獎狀表揚他。」

等阿絲結好一張網，打算披掛到阿弟身上時，卻不見豬仔身影。

「喂，那個豬小孩走出去了嗎？」阿絲問門。

「沒有，沒有誰從這裡出去。」門用厚重聲音回答。

阿絲順手把精心編結的網掛到門身上，「替我保管好，這是要給豬小孩的獎狀。」

這是一張美麗的獎狀，鏤空的紋彩上有字：「這個豬小孩很會看書。」阿弟

拿到一定很高興。

小豬仔阿弟趴在滑梯下，專心畫畫。

剛才看書時，有個好點子從眼睛滑到腦袋裡，阿弟於是放下書本，抓起彩筆塗塗抹抹。他畫完圈圈又畫直線，畫了方塊又畫曲線；紅色黃色藍色

橙色綠色紫色黑色，彩筆一枝一枝換，塗完一塊又一塊。

壁虎阿傑「欸欸欸」叫，這是在畫什麼？跟安親班牆壁貼的世界名畫一樣，看不懂。

阿弟歪歪頭，眨眨眼，停一下下。嗯，還要補點兒灰。他抓起灰色筆，迅速朝畫上用力拉出一根長長線條。

「給給給給給」，阿傑大聲叫。這個豬小孩真天才，壁虎也能當畫筆！瞧，這圖畫裡留下一道明暗不同、寬窄有變化的淡淡痕跡了。

豬仔阿弟放下灰色壁虎又去找粉色筆，一盒彩筆都被翻出來，滾在圖畫上。

看著自己身上紅紅黃黃，五顏六色，壁虎阿傑歡歡喜喜，原來自己也可以很漂亮！這個豬小孩心腸真好。

他爬進阿弟衣服口袋，「我得送點兒禮物感謝他。」

一、二、三、四，放下四顆白白圓圓的蛋，壁虎阿傑推推口袋：「把它們保管好，這是要送給豬小孩的禮物。」

壁虎蛋小巧可愛，上面還有一小點壁虎屎，那是阿傑的簽名，孵出壁虎來能夠當寵物，這樣的禮物阿弟絕對會喜歡。

小豬仔阿弟離開滑梯時，把彩筆收進盒裡，整整齊齊沒少半枝。他帶著圖畫要去交給學校老師。走出安親班時，門將那張美麗的網黏到他的圖畫上：「拿好，這是獎狀。」聽到門發出厚重的聲音，阿弟嚇一跳，小心的關上門。

評審老師們對著面前一堆圖畫皺眉頭，唉，全都普普通通，沒意思。

「霍！」老虎評審這一吼，把阿弟的圖畫吹起來。

「好作品在哪裡？」母老虎不耐煩的吹鬍子瞪眼睛。

一張圖畫飄飄落下來，擦過他的鬍子。喔唷，好作品來囉。

圖畫上色彩鮮豔大膽，有一道別人沒有的淡淡灰，這顏料怎麼調出來的呀？畫面上還亮出一片細密精緻的紋彩，好像浮雕一樣透著點立體，別出心裁的構思，「太有創意了！」母老虎瞪直了眼睛，連吼好幾聲。

「這是誰的作品？」公雞評審問。畫上沒名字，「牛阿堵，是你嗎？」「哞」，牛說不是。

「狗阿福嗎？」「汪汪」，狗也說不是。

公雞再點名：蝴蝶阿花、貓小喵、馬大奔、鴨小歪、松鼠、兔子……大家都搖頭。

一隻小豬走到母老虎面前。

豬阿弟？「這是你畫的？」

點點頭，阿弟說不出神奇的灰要怎麼調，也不知道美麗的網從哪兒來，只能把畫畫的好心情說一遍。

「給給給」，壁虎阿傑跳來母老虎頭上叫。這是個天才，應該給他第一名，「給給給」，阿傑大聲叫。

「我知道」「我知道」，跟著來的蜘蛛阿絲搶著喊。

「他看了很多書」，「他用我當畫筆」，阿絲說完阿傑說。

評審老師決定了：「豬阿弟第一名！」

獎品呢？「給給給給給」，阿傑拼命叫。

母老虎脫下虎紋外套披到豬阿弟身上：「虎披風一件。」

公雞摘下大紅冠戴到阿弟頭上：「雞皇冠一頂。」

神奇的書法家

東秀村最近來了個書生，自稱吳東，每天在市場幫人寫字賺點兒薄酬。他寫的字俊、俏、挺，加上人長得一派斯文又不多話，村人看了他幾回也就不再盤問。

怪的是，誰拿了吳東寫的字後，手上、身上，還有掛字的牆上，或是擺字的桌上、抽屜，總會飄散一股香氣，聞起來心情格外舒爽，約莫一兩天後香味才會散去。

有人猜，是吳東灑了香料在紙上，可是換了任何人拿任何一張紙給吳東，寫上字後還是香。

該不會是墨和硯的問題吧？有人就拿自家用的硯，磨好墨之後請吳東寫字。吳東也不拒絕，寫出來的字仍舊香香的。

怪哉，難道是吳東用的筆較為特別嗎？換枝筆用用吧。吳東接過人家遞來的筆，揮揮灑灑，很快寫好一幅字，功力十足，而且，還是香！

難不成這吳東是個鬼怪、妖魔或神仙變的？村子裡幾個膽大好事的人相約，要去他住處瞧瞧。

這天，等到市集散了，吳東收好攤子回家了，賣菜的張阿時和車夫吳大牛、木匠王老槌三個人，遠遠跟在吳東後頭，看他走出村子，踅往村南的樹林。原來他就住在林子外邊一間小屋。

三人走靠近了，隔著屋外的花叢看清楚，屋裡只有一桌一凳一床一灶，灶旁一只水缸，床下一口箱子，桌上擱著吳東擺攤用的寫字箱。屋裡就這麼空敞敞的。

「唉，還真是窮得可以！」老槌搖搖頭。

「喂，快來看。」大牛招手叫老槌和阿時過去。

屋後靠著樹林有一塊花圃，牡丹花、菊花、大理花、茶花……各色花朵爭妍比美，一朵比一朵大。吳東盤坐在花圃前，眼睛盯著花朵，手拿著筆，懸空橫、撇、直、捺書寫著。

再仔細看，有株牡丹被風吹動，搖擺點晃，吳東也跟著花朵左一撇右一捺，欸唷，那花朵竟寫了個「春」字！吳東就臨著那朵「春」寫了兩三遍。

阿時揉揉眼睛，看到另一朵茶花也同樣轉彎俯揚，嬌嬌俏俏的，吳東隨著茶花的姿態，一筆又一筆，寫了個「華」字。

花朵會寫字！天底下會

有這種事？這一定不是普通的花！

老槌看呆了，邁腳就要上前去，大牛連忙拉著老槌和阿時躲進樹林裡。直等到吳東停住手，回屋裡了，三人才走出來。

花圃的花這時安安靜靜，不再晃動。老槌彎身細細看，那些花果真長得不太一樣，花莖全都黑油油的，連葉片也黑綠黑綠。他伸手拈起一撮土，手指頭上泥土攙和著黑黑粉粉的渣渣，這是啥東西？

「咦，就是這香味！」另一邊的阿時脫口喊出來。吳東所寫的字都有股好聞的香味，原來就是這花圃裡撲鼻的花香。

「歡迎，歡迎。」

三人猛回頭，只見吳東雙手作揖，很誠懇的朝他們打招呼。阿時和老槌紅了臉，大牛卻不客氣的挑明了說：「你這些花是怎麼回事？」

「我去年搬來這裡，種了這些花作伴，用洗筆的水來澆花，寫不滿意的字燒了之後，紙灰也拌入土裡作花肥，平常讀書寫字累了就吟詩賞花。後來發現，這些花隨風舞動的姿態很有意思，比古人的書法還有神韻，我就學這天然自成的一套筆法。難得村子裡鄉親不嫌棄，欣賞我

寫的字，其實我是拜花朵為師。」吳東毫不隱瞞，一五一十說得坦承詳細，不由人不信。

大牛又問：「你不怕這些花是神怪變的，會害你！」

吳東搖搖手：「這些花的確有靈氣！我起初沒察覺，經常靠近去摸、去聞，漸漸發現，花也喜歡聽我唸詩文，長得又美又壯。現在若是再伸手去摸或靠近去聞，它們很快就枯萎了。我孤單一個人，既沒錢財地位又沒壞念頭也沒做壞事，根本用不著害怕。」

三人一聽，回頭看去，果然有兩朵菊花已經垂下頭。大牛剛才摸的時候，鮮黃花瓣還飄著清香，才不過幾句話的時間，它們全凋謝了。

老槌注意到他先前查看的那朵大理花，這時也變成黑褐色乾癟癟的。「我只是靠近點，沒碰它呀！」老槌很驚訝。

消息傳出去，來看寶貝花兒的人一天天多了，嘈雜的人聲和俗不可耐的對話，還有粗魯的碰觸指點，讓花朵毫無生氣的垂下頭，失去往日的姿態。

一個月後，村人發現吳東搬家了，花圃裡的花朵全仆倒在地，沒一棵活的！吳東的飄香字，還有他那會寫書法的花，從此成了東秀村的一個傳說。

哈哈山的噴嚏王

哈哈山上住滿動物，長滿花草樹木，天天都有快樂的嬉鬧聲傳出來。喜愛大自然的人類來到這裡，也跟著開懷大笑，覺得精神充沛、體力旺盛，快活得很。「哈哈山」的名氣又大又響亮。

哈哈山的居民很會製造歡笑，有名的「打噴嚏比賽」就是他們發明的。今年報名參加的動物很踴躍，觀眾更是滿山滿谷。聽說為了讓噴嚏打得更有威力，不少報名的動物已經「閉關」練習很久，難怪有好一陣子，哈哈山上經常出現怪象。

比賽選了個天朗氣清的日子舉行。青蛙擔任解說員，這是重責大任，透過解說，觀眾才明白表演的細節和特色，所以青蛙被准許，事先看過每一個選手練習時的表現。

「各位觀眾，請看仔細，章魚先生要表演了。」青蛙提醒現場議論紛紛的動物們。

山腳下的大海裡，章魚曼妙的游竄，一弓身，他的觸腕在漏斗裡拂來挑去，然後章魚彈跳到空中，朝大海用力打個噴嚏。海水立刻波濤洶湧，像鍋翻滾沸騰的開水，捲起的浪頭和山頂同高，隱約還有爆炸聲和煙硝火藥味，膽小的動物們紛紛尖叫逃跑，生怕被海嘯吞沒了。

「剛剛的海

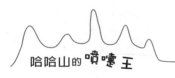

嘯，是章魚先生用噴嚏打中海裡的火山引發的。現在請各位再看看河馬先生打噴嚏。」青蛙等紛亂的現場安靜後，向大家這樣宣布。

動物們把眼光投向河裡。河馬朝觀眾點

點頭，緩緩把身體沉入水中，接著，頭也潛入水裡。水面上漣漪漸漸平息，最後回復一片光滑無痕。突然，「蓬」一聲巨響，河水高高竄起，直直衝上了天，大家驚訝的抬頭尋找，卻被突然降下的傾盆大雨淋成了落湯雞！

「各位，這就是河馬先生的噴嚏雨，還滿意吧！接下來是長頸鹿先生，他就站在山頂上。」青蛙伸手指去。動物們只看到山上樹林裡露出長頸鹿的臉，他好高哇！

長頸鹿用臉去磨蹭樹葉，眼力好的老鷹定睛一看：「他怎麼把樹葉塞進鼻孔呢？」而且，好像不只塞一片哩！

接著，長頸鹿打了個噴嚏！「唰唰」，好幾棵大樹硬生生的連根拔起，滾到參觀的動物面前。

青蛙跳上去看，「各位，檢查一下，這都是長頸鹿用鼻孔裡的樹葉，連根挖起的。」松鼠不信，上前一看，樹根整齊被切斷，還都留有一片綠葉子呢，好厲害！

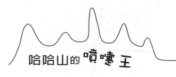

「長頸鹿先生等一下會把樹再種回去，現在，比賽繼續。」青蛙大聲宣布：「接下來，請看犀牛先生的表演。」

犀牛走到觀眾面前，先吸飽了氣，再撿起兩顆石頭塞住鼻孔，隨即用力打個噴嚏。媽

呀，地面被震得左搖右移，動物們摔倒、撲跌在一塊兒，堆成疊羅漢了。

「地震！地震！」大家驚慌的叫嚷。

「各位，別誤會，這是犀牛的地震噴嚏。」青蛙剛說完，大象踏著地動山搖的步伐走來：「快點，該我了吧！」他舉起長長的鼻子說：「各位，對不起，我的鼻子癢得忍不住……」

還沒說完，噴嚏已經衝出來。只見象鼻子橫掃一陣，石頭、土塊被掀開來，連同剛才被拔起的樹，「轟隆隆」的滾成條河，是土石流！慘了。

堆疊在一塊兒的動物趕緊翻身逃跑，狐狸跑最後，尾巴被壓住了，他用力一拔才掙脫開，嚇出一身冷汗。太恐怖了。

青蛙坐在大象背上，安撫大家：「各位，請看東邊草坪，山羊先生準備好了。」

果然，綠油油的草地上，山羊站在那兒。他趴下身，對著綠草打個大大的噴嚏，竟然把草噴上天，他面前變成一片光禿禿的沙漠啦！

「哇，今年的選手怎麼特別厲害？」驚魂甫定的觀眾看得兩眼發直。

一隻小母雞走到那片沙漠上，青蛙連忙制止：「欸，欸，等等，你

沒報名……」

小母雞不理青蛙，她屁股朝天，什麼架式也沒擺，噴嚏聲就出來了。一時間沙土滿天飛，紛紛掉落在母雞身上，成了一座小土丘。這意外的插曲讓大夥兒不禁笑開來，鼓掌為小母雞熱情喝采——好個土窯雞！

「安靜，安靜！」青蛙急壞了：「請蜜蜂先生出場！」

「嗡嗡嗡」，蜜蜂在動物們面前飛一圈，看大家都注意他了，才停在花圃上頭，使勁打個噴嚏。唷，所有的花朵全被噴嚏吹到空中，散成瓣瓣花片，飄啊飄啊，像天女撒下花雨一樣，美極了。動物們想不到小小蜜蜂也有這種能耐，對他都另眼相看。

「北極熊先生出場。」青蛙大喊。

看到北極熊龐大的身軀，大家都覺得冬天來了，猴子索性抱著胳臂叫：「好冷啊！」

北極熊大搖大擺，隨便張口就是一個大噴嚏，滿嘴的口水衝到半空裡，立刻就凝成雪，大太陽下不可思議的降下雪花！動物們難以置信的盯著頭上、身上、地上的雪發呆。

「各位，這是熊先生的雪花噴嚏。」青蛙提醒大家：「最後一位報名者是畫眉鳥先生，他就在我們頭上，請各位仔細看。」

畫眉鳥打噴嚏？他不是只會唱歌嗎？動物們狐疑的盯著天空裡的黑影。

畫眉鳥打了一「串」噴嚏！他在大夥兒頭頂上飛一大圈，邊飛邊打噴嚏，妙的是，噴嚏聲跟他的歌聲一樣動聽。

「不算，他是在唱歌！抗議，畫眉鳥根本沒打噴嚏……」河馬的咆哮被動物們的驚呼聲打斷了。

天空中，太陽被畫眉鳥的噴嚏聲迷倒，歪到哈哈山西邊，原本藍天白雲頓時變成七彩霞光、斑斕繽紛的雲彩，一朵朵，一片片，動物們像置身在夢幻仙境裡，每張臉、每個身軀都亮著光；整座哈哈山一會兒紅色，一會兒粉色、紫色、橙色、藍色、綠色，所有的動植物全沐浴在變換的彩色光霧中！說真的，動物們還從來沒見過這麼綺麗優美的景緻呢！

一直等太陽察覺自己嚴重失態，重新回到天上後，所有觀眾才像一覺睡醒般，爆出如雷的掌聲，叫好喝采，久久不停。

畫眉鳥，毫無異議的獲得了本年度哈哈山打噴嚏比賽冠軍。

燈籠樹

糊燈籠的工匠老陶，這幾天魂不守舍的，嘴巴長到手上去了，手一動，他的嘴就喃喃自語也唸個不停。

可別問說：「老陶是誰呀？」只有外地來的生客才不認得這號人物——八十好幾的老人了，住城外，名號卻傳遍京城。他糊的燈籠又快又好，奇巧精緻，就算矇上眼睛，照樣紮好糊好一只燈籠，看得人人喝采稱奇，都說這傢伙除了肉眼，還有心眼、手眼。

可是，半個月前，他的生活被打亂了後，老陶做起燈籠來就碎碎唸。

「老師傅，皇上要您進宮去糊燈籠哪！」那天，官差把老陶帶進宮。工房裡已經有十幾個工匠在忙碌著。老陶選個窗戶邊坐下，悶頭做活。他紮骨架，想著家中的妻兒孫子；他糊燈籠，念著家裡的猴雞狗豬、花草樹木。哎，他老了，想家哩！

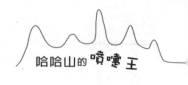

還有，他老是夢見燈籠飛到樹上。說實話，一棵長滿燈籠的樹，看起來真是漂亮哪。

老陶邊想邊紮燈籠。他紮好一隻鶴，對著鶴燈悄聲說：「回去吧，飛到咱家那棵大槐樹上。」

「老師傅，幹活兒要專心，別碎叨啦。」太監走過來巡視，叮囑他。

老陶閉上嘴，糊著鶴身，他刻意讓鶴翅膀能上下活動。提起彩筆，老陶給鶴畫上顏色，點到鶴眼時，他忍不住又說：「回去吧，回咱家的大槐樹去。」咦，鶴眼眨了眨，老陶的心跳一下。

「老師傅，少說多做呀，甭唸啦。」太監們察覺老陶恍恍惚忽地，

幾次走到他身邊來招呼。這回，他們順手把栩栩如生的鶴燈帶走了。

老陶又紮一隻猴子燈籠。拿著金箍棒的猴子，就跟孫悟空一般活靈活現。老陶絮叨著：「你回去吧，到咱家大槐樹上。」他還做了一串香蕉燈，送給猴子燈籠做糧食。只不過，太監一來，這組燈籠全被收走啦。

想家的老陶，做出孫子愛的小松鼠燈籠，以及孫女老追著跑的大母雞燈籠。一邊做，一邊唸：「回去吧，你們都回去吧，到咱家大槐樹上。」

他看著皇宮裡的奇珍異寶，順手又紮出一個個花呀、壺呀、瓶呀，各式各樣燈籠。眼裡看見什麼，他就做出什麼來，精巧極了。做得越多，他嘴裡越唸得緊：「都回去吧，記得唷，回去咱們家那棵大槐樹上。」老陶做一個說一遍，這些話太監們沒聽到，他們只是興沖沖，拿著老陶做好的燈籠去花廊擺放。

「太神奇了，這老師傅不得了哇！」宮裡的人看著燈籠指指點點，讚不絕口，對老陶的手藝佩服得沒話說。

老陶不理會這些，只管悶著頭做事。這一次，他紮了個十丈高的骨架，把太監們嚇傻了：「老師傅，您這要做什麼呀？」

「大槐樹。咱要紮棵大槐樹。」老陶清清楚楚，明明白白的應著。

這燈太高了，工房擺不下，工匠們幫忙移到外頭空地去，架起穩靠的梯子，大伙兒爬上爬下，幫著做也跟著學。光是接好三四人高的燈架子，就讓他們開足了眼界。老師傅何止手巧眼巧，是心思巧呀！

「大槐樹，這可是咱家的那棵大槐樹哩。」老陶糊一片葉子說一次，紮一支樹杈兒說一次，嘮嘮叨叨，掛在嘴邊的就是這幾個字。大伙兒都聽見老陶說的話。風飄過，老陶的話被帶到花廊，燈籠們也都聽到了。

大槐樹燈做好的那一晚，老陶又夢見閃閃發亮的燈籠樹。樹底下，他老伴兒笑呵呵，孫兒們繞著燈籠樹兜圈子玩捉迷藏。「爺爺，來玩嘛……」夢裡頭，孫女嬌滴滴的喊，把老陶叫醒了。揉揉眼，他翻個身，模模糊糊的記起來他做的那些個燈籠，不禁嘆口氣：「唉，回去吧，回咱家那棵大槐樹去……」

老陶的夢囈隨著夜風飛出去，飛到花廊上。燈籠們聽見啦，鶴燈率先拍翅膀，「颼」的飛到大槐樹燈上。猴兒燈舉著金箍棒，正要翻觔斗，又回身抓起香蕉燈，「颼」的也跳到大槐樹燈上。松鼠燈爬上槐樹燈頂梢，老母雞燈繞著槐樹燈腳打轉，其他燈籠們也全都上了槐樹燈。亮燦燦的燈籠樹，又真實又奇幻，看呆了守夜的官差，也驚動了為國事操煩的皇帝。

每年宮裡都請來各地的燈籠師傅，做出形形色色、各式各樣爭奇鬥艷的燈籠，美是夠美，巧也夠巧，卻從沒有像這樣把燈籠組合在一塊兒！

黑夜的宮院中，皇上吩咐熄了所有火盞，只留下燈籠樹一樹的明亮。望著樹腳下老母雞、樹頂上小松鼠，皇上出了神，想起年幼時也曾在樹上爬、樹下跑；想著那閒適平靜的生活，無憂無慮的模樣，鬱悶的心，開朗了；緊鎖的眉頭，鬆軟了；銳利的眼神，柔和了。

錦榻上，皇帝迷迷濛濛的，看見燈籠樹飛起來，狗兒貓兒，雞、鵝圍著樹腳根悠悠晃；白髮老婆婆、長鬍子老公公笑呵呵；壯碩的莊稼漢聚攏來泡茶聊天；小娃娃兒纏著娘；孩子們追打玩鬧。燈籠樹下的百姓，團圓幸福，多快樂呀！

燈籠樹光熠熠。迷濛中，皇上聽見一陣低語：「回家吧，回咱家那棵大槐樹……」「回家吧……」「回家……」「家……」……

一夜好眠的皇上，吩咐把紮燈籠樹的師傅帶來。

惶惶不安的老工匠趴在地上，惴惴訥訥說不出話：「小民，小民……」

「哈哈哈。」皇上親自扶起老陶：「回家吧，燈籠樹在等你吶。」

可不是！一踏進家門，老陶立刻看見夢裡頭那棵漂亮的燈籠樹。啊呀，仁慈愛民的皇帝，竟然把神奇絕倫的燈籠樹賞給了這心巧手巧，想家念家的老燈匠。

胖胖豬的眼淚

有隻胖胖豬，坐在椰子樹下掉眼淚，他哇啦哇啦哭得很傷心：「為什麼要笑我？我其實也很可愛呀！為什麼都不理我……」

「我討厭這些事情，我討厭這裡！」「討厭，討厭！」「老天爺，你快帶我離開這裡吧！」

樹上的椰子們一聽，擠眉弄眼笑歪了，它們公推一個黃椰子：「阿黃，你下去逗逗他吧。」

於是，這顆黃椰子筆直的飛下去，正好掉在胖胖豬的肚皮上，「咚」一聲，阿黃彈起來，打中胖胖豬的腦袋，又滾下來，被胖胖豬接個正著。

生氣的胖胖豬激動地跳起來嚷叫：「是誰在捉弄我？」他漲紅著臉，氣沖沖的把黃椰子砸向地面。

「啊，不！」「不可以呀！」椰子們嚇慌了。

「轟」一聲，地面冒出一陣濃煙，從煙霧中伸出一隻巨大的手掌，抓住胖胖豬。

「帶我離開這裡，我討厭這裡！」胖胖豬毫不害怕，他像個國王一樣命令著。

怪手把胖胖豬帶進煙霧中，讓他迷迷茫茫地飄浮，直到一陣大風吹散了濃煙，他才掉落下來。

哇呀，慘了，怎麼有這種地方呢？白色的樹幹、黑色的樹葉、紅紅的草、藍藍的地，除了這些怪東西，再也沒有別的景物！

「誰說的，還有我哩。」紅草堆裡傳出聲音來。

胖胖豬撥開草葉，咦，草是紙做的！他摸摸樹枝、樹幹、樹葉，全都是紙做的。然後，他看見一個黃色的椰子，「還是你比較好看。」他把黃椰子抱起來。

「謝謝，我叫阿黃。」

「這裡好怪異哦。」胖胖豬坐在藍藍的地上發愁：「我怎麼會來這裡？」

「誰叫你把我給砸了！任何人只要把許願椰子往地上一砸，他說的話就會變成真的。」

「你就是許願椰子？我說了什麼嗎？」胖胖豬很不安，他剛才實在太生氣了。

「你說：『我討厭這裡，老天爺，你快帶我離開這裡。』喏，我就照你的話做啦。」阿黃學得真像，胖胖豬不好意思的低下頭。

「我很生氣嘛。我的朋友全都捉弄我，一會兒叫我跑去拿這個，一會兒叫我跑去做那個，把我當做傻瓜，我不肯，他們就都不理我！他們為什麼這樣對我？」胖胖豬說著說著又想跳起來。

突然，他看見前面就是那塊椰子林，咕咕雞、冬冬鴨、毛毛狗、蹦蹦兔，還有曲曲蛇、咩咩羊、嘟嘟猴，都在椰子樹下。胖胖豬趕忙跑過去，揮著手叫：「喂，你們都在呀！毛毛狗、嘟嘟猴……」

奇怪，明明就在前面，怎麼一直都跑不到呢？毛毛狗他們只管低著頭到處找，怎麼也不理他的喊叫呢？

胖胖豬急死了，猛跑猛喊：「喂，你們怎麼不理我？我在這裡呀！」

「你別喊了，他們聽不到的。」一棵樹說：「這裡是奇幻林，你心裡想什麼就能看見什麼，但是別人卻沒法發現你。」

胖胖豬停住腳，叫：「阿黃！」他又發脾氣了：「你為什麼讓我來這裡？你討厭！」

「沒辦法呀，你說要離開，我就照你的話做。」阿黃毫不客氣的說：「至於會去到什麼地方，通常是要看許願人的心情來決定，心情好，會去到美麗快樂的地方，心情越不好，就去到越怪異奇特的地方。」

「嗄，那我……」胖胖豬想到自己先前那麼生氣，他只好停住嘴巴。

對了，剛才有棵樹在說話，是那一棵呢？

「是我。」說話的那棵樹，葉子一直動：「奇幻林已經很久沒有客人了，你是今年第一個。」

「這裡那麼醜，誰要來呀！」胖胖豬沒好氣的說。

「錯了，是因為發脾氣的人漸漸減少，被送到奇幻林來的人自然少

了。」紙樹搖著葉子說。

胖胖豬不由得怪自己，為什麼要亂發脾氣？為什麼要衝動得大吼大叫、亂摔東西？嘟嘟猴他們為什麼沒有提醒他？

想到嘟嘟猴，椰子林就又出現在前面。咕咕雞正在跟毛毛狗說：「其實，胖胖豬是很可愛的，只是愛發脾氣罷了……」

「喔唷，他那脾氣真叫人受不了，請他做點事情，他就不高興，以為我們欺負他！」

「別說了啦，快點找吧，想不到胖胖豬竟然躲起來，不理我們……」

聽到這裡，胖胖豬激動的大叫：「不，不是的，我沒有躲起來，我就在這裡！咕咕雞，你聽到沒？你抬起頭來呀。毛毛狗，你轉個身嘛，我就在你後面呀……」

「你別叫了，在奇幻林裡，你看見的全都是幻影。」紅色草叢低沉著聲音說。

「就是嘛，在這裡叫有什麼用，小心別把我摔下去……」阿黃嘀嘀咕咕。

胖胖豬突然想到了：阿黃是許願椰子，它有辦法實現願望！

「快帶我離開這裡！」胖胖豬對著阿黃大聲叫，還把阿黃重重摔下去。

「滋……」阿黃發出一陣怪聲，它身上出現了裂縫，逐漸變大變長。胖胖豬瞪大眼，看著裂縫把阿黃切開、切開，「剁」，阿黃裂成兩半，喔，天哪！

「你把它摔壞了！」紙樹沉著聲音說，樹葉沙沙作響，像一個憤怒的巫婆。

「我……我……我不是故意的，我只是……只是……很生氣……」胖胖豬搖著手解釋。

每一棵樹的葉子都一齊晃動起來：「你只會生氣……」「你的脾氣太壞了……」「你不知道悔改……」「你只會怪別人……」「從你來到現在，你總是在生氣……」「你都沒有責怪自己……」「你該為自己的壞脾氣負責……」「哼，你將一直留在這裡……」「不能出去……」

「不要，我才不要留在這裡！」胖胖豬跳起來，在奇幻林裡到處走，想找尋出路。

「留在這裡！」「留在這裡！」每一棵紙樹都晃著樹葉命令他。黑黑的樹葉密密麻麻垂下來，擋住他，包圍他。

「不，才不，我一定要出去！」胖胖豬毫不妥協。

他撥開黑色樹葉，跨過紅紅的草叢，這些奇怪的顏色讓他很不安：

「什麼奇幻林嘛，簡直就是魔鬼林！」

突然，黑色樹葉裡露出一口白森森的牙齒，嚼呀嚼呀，好像正在吃什麼東西，一滴接著一滴的鮮血從齒縫裡流出來。

胖胖豬忍不住全身發抖，這裡果然有魔鬼，而且是吃人的魔鬼！是誰被吃了？這個可怕的林子裡，還有哪些跟他一樣倒楣的人呢？

「留下來！」「你得留下來！」樹葉裡發出可怕的叫聲，胖胖豬恐慌得兩腳發軟，「咚」地跌倒了，整個臉恰好埋進阿黃裂開的椰子殼裡！這個意外把他嚇哭了。

就在胖胖豬淅哩嘩啦、大哭特哭的時候，已經乾枯的椰子殼，沾到了胖胖豬的淚水，神奇地恢復它鮮黃的顏色，接著，更多更多的淚水流進椰子殼，它成了兩個水瓢啦。

胖胖豬邊哭邊說：「我不是壞人，不要吃我呀！」「我不應該亂發脾氣，我不應該亂摔東西，我不是故意的，你不要吃我！」「我對不起阿黃，我知道我不對，可是我不是壞人，真的不是……」

這些聲音掉進水瓢後，水瓢竟然又變成兩盞發亮的燈啦！

神奇的光線伸長再伸長，凡是被光照射到的樹葉頓時冒出白煙，隨後就消失不見，露出藍藍的天空，一小塊一小塊藍天慢慢接合起來。

胖胖豬每說完一句，水瓢裡的光就增加一種顏色，紅、橙、黃、綠……奇幻林裡流動著一層層瑰麗的光霧。

埋著臉哭泣的胖胖豬，還在訴說他心中的懺悔：「我把阿黃摔壞了，我實在不應該發脾氣，我錯了……」

「轟！」一聲巨響打斷了胖胖豬的說話，也把胖胖豬震得抬起臉來。他還沒弄清楚那兩盞發亮的燈是什麼東西，一束強大的白光照亮了四周，黑黑的樹葉在冒煙，白樹幹在冒煙，紅紅的草在冒煙，藍藍的土地在冒煙，整個紙樹林都在冒煙！

胖胖豬悲傷的想：「完了，我沒有被惡魔吃掉，卻要被火燒成烤乳豬了！」

完了，一切都結束了，奇幻林消失了，強大的亮光也消失了。胖胖豬發現，他站在一片空曠的土地上，除了藍天和泥土，再也沒有別的東西。

「誰說的，還有我哩。」很熟悉的聲音喔。

胖胖豬驚喜的低頭：「阿黃！」

原本裂成兩半的阿黃，現在完好的躺在他腳下。

胖胖豬趴下來看它：「你能告訴我，這是怎麼回事嗎？」

「沒什麼，你所看見的全都是幻影。」

「幻影？包括奇幻林，還有吃人惡魔，全是幻影？」

「對，幻影！只要你心裡想什麼，你就會看見什麼。」

抱起阿黃，胖胖豬仔細的檢查，卻看不出什麼裂痕：「你不是被我摔壞了嗎？」

「是嗎？你為什麼要摔我呢？」

「因為……因為……」胖胖豬說得很小聲，不過還是很勇敢的說出來了：「我脾氣不好，愛亂發脾氣……我，真是對不起！」

「喂，快來啊，胖胖豬在這裡啦！」突來的喊聲嚇著了胖胖豬，他坐起身來看，咦，景色又變了！不敢相信的揉揉眼睛，再看，一棵棵椰子樹、一叢叢花草，哈哈，他終於回到椰子林了。

咕咕雞、蹦蹦兔、毛毛狗、嘟嘟猴和冬冬鴨，全都衝過來熱情的擁抱他：「胖胖豬，你跑去哪裡了？」「你怎麼了？為什麼躲起來？害我們找不到！」朋友們七嘴八舌的問話，讓他確定這是真的，不再是幻影。

「沒事，沒事。」胖胖豬笑著回答。

的確沒事了，許願椰子已經讓他明白：什麼事都是自己想出來的。

他一抬頭，樹上成串的黃椰子，每個都像極了阿黃！

公雞和毛毛蟲

「喔喔喔」，公雞昂起頭，用力把尾巴翹得老高，很神氣莊嚴的喊出迎賓口令。

每天清早，牠都是這樣迎接太陽。牠對雞家大小說：「我是應該這樣恭敬的。要不是太陽來叫醒主人，恐怕主人會睡過頭，忘了我們自由活動的時間哩。」

果然，公雞叫過不久，太陽的亮光透出雲層，屋裡也有了聲響。最先開門走出來的是男主人。他先對著陽光深呼吸，抬抬腿、彎彎腰，再過來掀開雞籠，然後大喝一聲：「解散！」雞家大小紛紛點頭鞠躬，「嘓嘓咕咕」的四處散開來。

公雞挺胸翹屁股，很優雅的走了幾步，牠龐大的身軀被關了一整夜，仍是那麼英挺。現在，望著老婆孩子喋喋不休的模樣，牠不免有些厭煩，轉身張望一會兒，突然，公雞加快速度，朝著牆邊的樹叢鑽進去。哈，原來牠是要找食物呀！

這兒的蚯蚓又肥又大，是公雞最欣賞的美食，牠左腳刨刨右腳抓抓，忙得不亦樂乎。

「喂，你這樣子是在做什麼？」公雞的尖嘴巴正要啄下去，一個尖細的聲音喊住了牠。

「誰？是誰這樣對我說話？」瞪大了亮晶晶的雞眼，公雞把頭左擺右擺，找尋這細小的聲音。隔了一陣子沒發現什麼，公雞重新刨土，脖子一伸，又肥又大扭動掙扎的蚯蚓，就被公雞「嘓嘓」嚥下肚了。

「唉唷，好可怕！」樹葉上傳出那細小的聲音。

公雞敏捷的抬起頭，找到那傢伙。嘿，這是什麼東西？沒有蚯蚓那麼難看，身體卻比蚯蚓還要短。

「哼，你不怕我吃了你？」公雞高大的身軀像山一樣，遮住毛毛蟲。

可憐的毛毛蟲當然怕呀：「喂喂，你別吃我呀！」毛毛蟲順著葉梗想爬上樹幹。逃命要緊，牠努力加快速度，可惜只移動那麼一點點！這下子牠開始怨嘆，為什麼媽媽只給牠這樣瘦小的身材？

公雞「嘓嘓」冷笑：「你這麼小，哪夠我吃呀，等過些日子，你養大養胖了我再找你吧。」

毛毛蟲嚇壞了，躲在葉片背面發抖，不敢再看那雙得意的雞眼和可怕的雞嘴。

幾天過去，公雞又來到樹叢下：「喂，毛毛蟲，我來了。」

毛毛蟲心驚膽顫的抱著樹枝爬，想悄悄溜走。公雞把頭抬上抬下，瞥見了：「嘿，你真長胖了呀，嗯，還長了大頭哩，好極了！」

毛毛蟲不答腔，使盡力氣想逃。公雞瞧那一伸一縮跳韻律體操的模樣，忍不住嘓嘓笑了：「喂，你很有節奏感嘛，可惜，我肚子餓了……」話沒說完，脖子一伸，尖嘴就啄下去。

「唉唷，我的媽！」毛毛蟲頭尾慌忙一縮。

「ㄉㄡ」一聲，喙尖結結實實戳在樹枝上，敲得樹葉都搖擺起來。

「嘖嘖，差點就完蛋！」連鬆口氣都沒空的毛毛蟲，再度把身體縮成弧形。

「ㄉㄡ！」公雞又落了個空。

咦，這倒有趣啊！公雞乾脆和毛毛蟲玩起來。「ㄉㄡ」「ㄉㄡ」「ㄉㄡ」，公雞不斷點頭，毛毛蟲就一次又一次，拱起軟綿綿的身軀。

「好極了。」公雞嘓嘓咕咕笑了一陣子：「喂，毛毛蟲，等你再養胖點可就沒法子逃嘍，我過些日子再來找你玩啦。」

公雞很優雅、很得意的走開。

「呼，好險哪，腰都快折斷了。」毛毛蟲累慘了，這比牠蛻皮還花力氣呀！休息了一陣子，牠爬呀爬，躲進一片包捲著的葉片裡，把自己牢牢的固定好。

確定自己安全了以後，毛毛蟲靜靜的想接下來的工作。現在，牠

就要進入最危險的時刻，變成個蛹，好讓自己不久後能美麗的飛翔在空中。「哼，這比那隻醜陋的笨公雞要更高貴些！」

被蛹殼包住的毛毛蟲，躲在葉片裡，緊張忙碌的改造自己。

接連好幾天，公雞找不到毛毛蟲，來了又走了。「一隻小小的毛毛蟲，我居然找不到！笑話！」於是，公雞走了又再來。牠在樹叢裡抓抓刨刨，啄啄敲敲，葉子掉了不少，毛毛蟲沒找到，牠卻被一個圓圓長長掉下來的東西吸引住了。

「這是什麼？一個蛋嗎？」咕咕噥噥的大公雞腳一動，啊呀，媽媽咪呀，這個蛋被一撮土給蓋住了。

「完了，完了，我完了！」毛毛蟲躲在蛹裡急出一身汗來。

牠就快要羽化成蝶了，這時候，就算是一隻螞蟻也能要了牠的命，何況是一撮厚厚重重的泥土！牠要如何衝出這層土，飛向天空呢？

「拜託，別把我活埋呀！」毛毛蟲感到全身濕濕的，牠忍不住縮縮身子，咦，殼呢？怎麼沒有附在身上？殼被敲破了嗎？

「哈，蛋殼裂開了。」公雞從土裡把蛋翻出來後，發現蛋殼上有條裂縫，脖子一伸就想戳下去。

咦，慢點，是什麼東西跑出來了？

「呼，這道縫真窄呀！」毛毛蟲用力擠呀、撐呀，蛹殼越裂越大，哇哈，牠看到光了，心裡一高興，牠更用力竄出，整個身體全爬到蛹殼外了。

燦爛的陽光撫摸牠全身，毛毛蟲呼吸著新鮮的空氣，一陣微風輕飄，吹得牠舒服極了。牠深吸一口氣，興奮的大叫：「呀呵！」

哇，一隻斑斕美麗的彩蝶，從蛹殼上飛起來，毛毛蟲長成蝴蝶了！

「我比風還輕，比樹還高，比花朵還漂亮，哈……」毛毛蟲抱緊樹

葉，展開耀眼的蝶翼，陽光下，那一片金黃、橙、紫、白、黑組成的美麗圖案，是最神奇的藝術作品，連風兒都怕弄碎了牠，只讓牠就在空中飄啊飄啊。

公雞看得目瞪口呆。牠看過小雞從蛋裏孵出來，可是剛孵出來的小雞既難看又不會飛，這隻美麗的傢伙是多麼輕盈靈巧呀！

「喂，大公雞，你不是要找我嗎？我來啦！」晒乾了翅膀的蝴蝶在公雞身旁飛舞，上上下

下、前後左右，輕輕翩飛。

公雞看看自己光彩的羽毛，用力拍，颳起一陣灰塵煙霧，身體抬高了又重重落地，牠不禁嘆口氣：「唉，這麼漂亮的羽毛，不能讓我自由自在的飛上天空，有什麼用呢？」

把愛織進雲彩裡

天上有位美麗的仙女，很會織布，不但能把神奇的絲織成絢麗的布匹，還會把雲朵紡成紗，織成柔細綿軟人間絕無的雲緞。她的巧手織出來的布，總流動著七彩霞光，每當她織好一疋布，送到玉帝前面打開欣賞時，凡間的人就會見到天上飄浮各色雲彩，幻變出種種燦爛光芒。

她正是織女，離開凡間的夫婿牛郎和可愛的娃兒牛牛，獨自回到天庭受罰，卻依然是天庭裡最受倚重的仙女。

溫柔文靜的織女，把心事默默織進布裡。她的衣袖內藏了一方手巾，上面巧妙織出牛郎的容貌，趁著休息時，織女悄悄拿出手巾，看著心上人的畫像，眼睛眨呀眨呀，把思念喃喃說出。這是她的秘密，天上人間兩處分隔，只能這樣寄託相思啊。

凡間的牛郎每日種田做工，照顧孩子，不多話也少笑容。陪伴他的微風、河水、老牛和田裡的莊稼都知道他心中的苦。但凡人畢竟不能上天，儘管想念織女，他也只能每晚望著天上，尋找嬌妻給他的訊息。

第一次聽見耳朵裡傳來織女柔美的聲音時，牛郎很害怕，身邊沒有人，哪來的聲音呢？幾次後他發現，夜晚朝天空望去，當心裡專注呼喊織女的名字，他就聽得到老婆的聲音。雖然不能對話，但牛郎覺得滿足了，他甚至見到夜空裡有一顆星星，會跟著他的呼喊不停閃爍哩！

織女是仙人，有仙力法術，能把聲音傳到牛郎耳中，但牛郎的思念要如何讓天上的織女知曉呢？老水牛幫牛郎想出了主意：放風箏！

風箏要放到天上，線得多長呢？牛郎找來各種線：絲線、麻線、棉

線、草繩、麻繩、粗繩、細繩，連老水牛的牛索都用上了，接成很長很長的一條線。

思念那麼多，一個風箏哪裡裝得下！牛郎做了好多好多個風箏，串成一條長長的風箏龍。

風箏上的「思念」要怎麼畫？牛郎不知道也畫不出來。他笨拙的畫了自己種田、自己發呆、自己流淚；畫孩子爬、孩子哭的模樣。

風箏放上天了。老水牛請風神幫忙，把風箏吹上天，越高越好。土地爺在廟裡朝天望，嘆了口氣：「這傻孩子！」柺杖一舉，土地爺把風箏上的圖畫全部改成了真實的影像。

好心的風神不但把風箏舉得高又高，還託了白雲去找織女報訊。

聽到消息的織女低頭向下望，一長串風箏上映著一幕又一幕的夫妻情深，還有娃兒牛牛抹淚水要抱抱的小臉蛋，織女的淚啊一顆顆不停掉。她取下風箏，把影像細心織進彩緞裡。

從此她也對著手巾上的畫像說故事，讓她的孩子每晚聽著媽媽的故事，趴在牛郎肩上甜蜜入睡。

天空裡的雲彩變換著各種圖像，逗笑了老水牛背上坐的牛牛，那正是織女故意織出來，為孩子解悶的呀。

誰讓獅子變好了

亮亮的陽光，照在拂動的樹葉上。這，是一個炎熱的午後。

小老鼠比比穿過枝椏間，瞥見獅子龐大的身影，仔細瞧，唷呵，獅子在樹蔭下呼嚕呼嚕睡覺哩，鬍鬚被風吹彎了。

「他一定熱壞啦，睡成這樣子。」望著獅子攤開的爪子，比比滑下樹，溜到獅子身邊。

濃烈的汗臭味，從獅子身上衝出來，酸得比比鼻孔癢癢的，趕忙搓搓鼻子擦擦臉，把噴嚏摀住。

「他幾天沒洗澡了呀？真臭！」比比邊爬邊嘮叨，忍不住打了個噴

嚏。繞著獅子轉完一圈，比比停在獅子鼻前面，一陣接著一陣的熱氣，隨著呼嚕呼嚕的聲音從獅子鼻孔吹出來，比比又打了個噴嚏。他壯起膽子問：「喂，你是不是在發燒？」

獅子沒動靜。

比比小心的捏起一根獅子的鬍鬚，拉一拉。獅子，沒動靜。比比再抓起一把獅子鬍鬚，扯一扯。

沒有用，獅子照樣呼嚕呼嚕噴熱氣。怎麼會叫不醒呢？

跳上獅子頭，比比掀開獅子的右眼皮看看，又去掀開獅子的左眼皮瞧瞧。「嗯，他好像生病了！」比比坐在獅子頭上想。

「阿嗯——」突然，獅子張開大嘴，打了個長長的哈欠。

「媽呀！」比比嚇呆了，來不及看仔細，就慌慌張張朝一個黑黑的山洞跳下去。

可是，山洞裡熱熱的、臭臭的、黏黏溼溼的，更可怕的是，還軟軟的！這是山洞嗎？比比害怕得在山洞裡衝來撞去，踩著軟軟的山壁練跳高，想跳出這可怕的山洞。

熟睡中的獅子喉嚨癢癢的，「嗯——哈！」他煩躁的張開嘴用力咳嗽，一口痰飛出去，掉在草堆上。嗯，舒服些了。獅子扭扭身體，嚥嚥口水，又想睡。

「哈啾。」吐出來的那口痰居然打個噴嚏，又慢慢爬到他面前說話：「你好。」

「你是誰？」獅子瞪大眼，想不懂自己嘴巴裡怎麼有這東西！

「我是動物醫生，小老鼠比比。」

「你來做什麼？」

「我來給你看病。」面對山一樣高大的獅子，比比盡量把身體撐直些：「你病了，很糟糕的病。」

「我怎樣了？」獅子趴下身，白白尖尖的牙齒在比比面前豎著。

「你喉嚨黏黏的，有很多痰，那是細菌，不挖出來，你就一直發燒……」

獅子吞吞口水，嗯，好像是。

「要像剛才那樣，請老鼠爬進去清理，你再把它們吐出來……」

「那你就進去吧。」獅子張開口。

比比搖搖手：「不行，不行。」

咦，竟敢在獅子面前說「不」！「你要我把你丟進嘴巴？」獅子惡狠狠的說。

「不行，不行。我身上都沾滿了細菌，不能再進去了。」比比堅定的搖頭：「你要去請別的老鼠幫忙才行。」

獅子站起來，黑黑的影子像山一樣壓住比比。「你現在就去給我找來。」獅子命令比比。

「不行，大家看到我這樣子，一定不敢幫這種忙。」

說得也對，比比渾身黏搭搭的，噁心極了，誰會要做這種事！那怎麼辦？

「你要請求老鼠的幫助。」比比說。

要森林之王，堂堂的獅子王，去向小不溜丟的老鼠懇求？

「是的，而且要親自去向每一隻老鼠請求。」比比提醒獅子。

喔，這樣子嗎？「喂，你還不快點去找！」比比催他。

獅子氣惱極了，大吼一聲。

「喏，你自己聽，這叫聲多難聽！以前只要你一吼，馬上地動山搖，樹葉掉落，小鳥飛離了窩。現在你喉嚨有毛病，你自己看看，沒有小鳥飛走，沒有樹葉掉落，這四周圍安靜得很，沒事！嘖嘖，不一樣嘍，你還不快點去治好你的喉嚨！」比比哩哩嘮嘮說了一大堆。

是啊，是啊，剛才的叫聲真的差很多……獅子又傷心又驚慌，看來，只有照這老鼠的話去做了。

幽暗的樹林裡，透著一股清涼，樹葉們合力把發怒的太陽阻擋在厚厚的綠蔭外。儘管被曬得要燙焦一層皮了，只要鑽進樹林裡，很快，就換成透心涼的舒爽啦。

獅子走在森林裡，全身熱呼呼的，可是他的心卻涼颼颼的。

他還沒找到老鼠。

其實，獅子已經遇見過三隻老鼠。可是，第一隻老鼠在他的眼睛剛瞄到時就溜不見了。第二隻老鼠在樹頂上吱吱叫，根本不理他。而就在不久前，有隻老鼠趴在樹根上打盹，他小心走過去，不料那小鬼眼睛一

睜，身子往後縮，獅子才張開嘴，老鼠就不知鑽哪兒去了！

哼，跑得可真快！

懶得跟那些小東西玩捉迷藏，獅子厭煩的命令大蟒蛇：「去給我找兩隻老鼠來。」

兩隻老鼠算什麼？找頭大象也不成問題！「嘶——嘶——」大蟒蛇吐著舌頭，蜷縮的身軀很快游了出去。

「誰要是被這長長的傢伙摟住脖子就慘了。」獅子邊想邊轉頭，發覺脖子還好，只是喉嚨不太妙，又緊又痛。

「咻——咻——」大蟒蛇得意的游回來了。

怎麼沒看到老鼠？不是叫他去找兩隻老鼠的嗎？

獅子怒張著鬍鬚，瞪起大眼問：「老鼠呢？」

大蟒蛇舉起頭，「嘿嘿」，細長的眼冷冷望向獅子，慢慢張開口。

獅子等著他嘴裡的老鼠跳下來……

咦，沒有，沒有東西掉出來，沒有老鼠！老鼠呢？

大蟒蛇的身體鼓出兩個小球，在脖子底下滾來滾去。

「真糟糕，他們溜滑梯溜進我肚子裡了。」蟒蛇斜睇著眼說。

「我要那兩隻老鼠，你聽見沒有？」獅子沉著聲音說。蟒蛇身上那兩顆滾動的球，好像就在他喉嚨裡挖來挖去，喉嚨癢死了。

「沒辦法呀，他們又不出來。」

哼，狡猾的傢伙！「打開你的嘴。」獅子想命令蟒蛇。哎呀，喉嚨怎麼癢成這樣，差點嗆住了。

「喲，你想把他們挖出來呀，歡迎歡迎……」大蟒蛇邊說邊把頭豎起來，盯著獅子。

獅子又氣又急，想要大吼，誰知喉嚨一陣發癢，吼聲變成了咳嗽聲。

「哈哈，獅子大王變成病貓了，哈哈哈。」蟒蛇望著咳不停的獅子，出乎意料的結果讓他忍不住笑出來。

吼不出聲只是拼命咳的獅子實在氣壞了，可惡的蟒蛇，居然敢說他是病貓！這口怒氣怎麼忍得下去！

儘管獅子極力憋住咳嗽，以至於脖子硬梆梆，頭髮一根根立起來，也只能停個幾秒鐘，然後可怕的「癢」又在喉嚨深處爬了出來！

他忍不住啦！

就當蟒蛇說到：「難怪呀，原來是病貓，才會想要吃老鼠……」時，獅子的喉嚨爆炸啦！從他口裡衝出一聲「卡——」的巨大怪響，一坨熱熱濕濕臭臭黏黏的東西飛出來，快速筆直，像顆子彈一樣的射向正前方，在獅子還沒眨眼、蟒蛇還沒看清楚時，這東西敏捷俐落的飛進蟒蛇正在「哈哈」的大嘴裡，不見了！

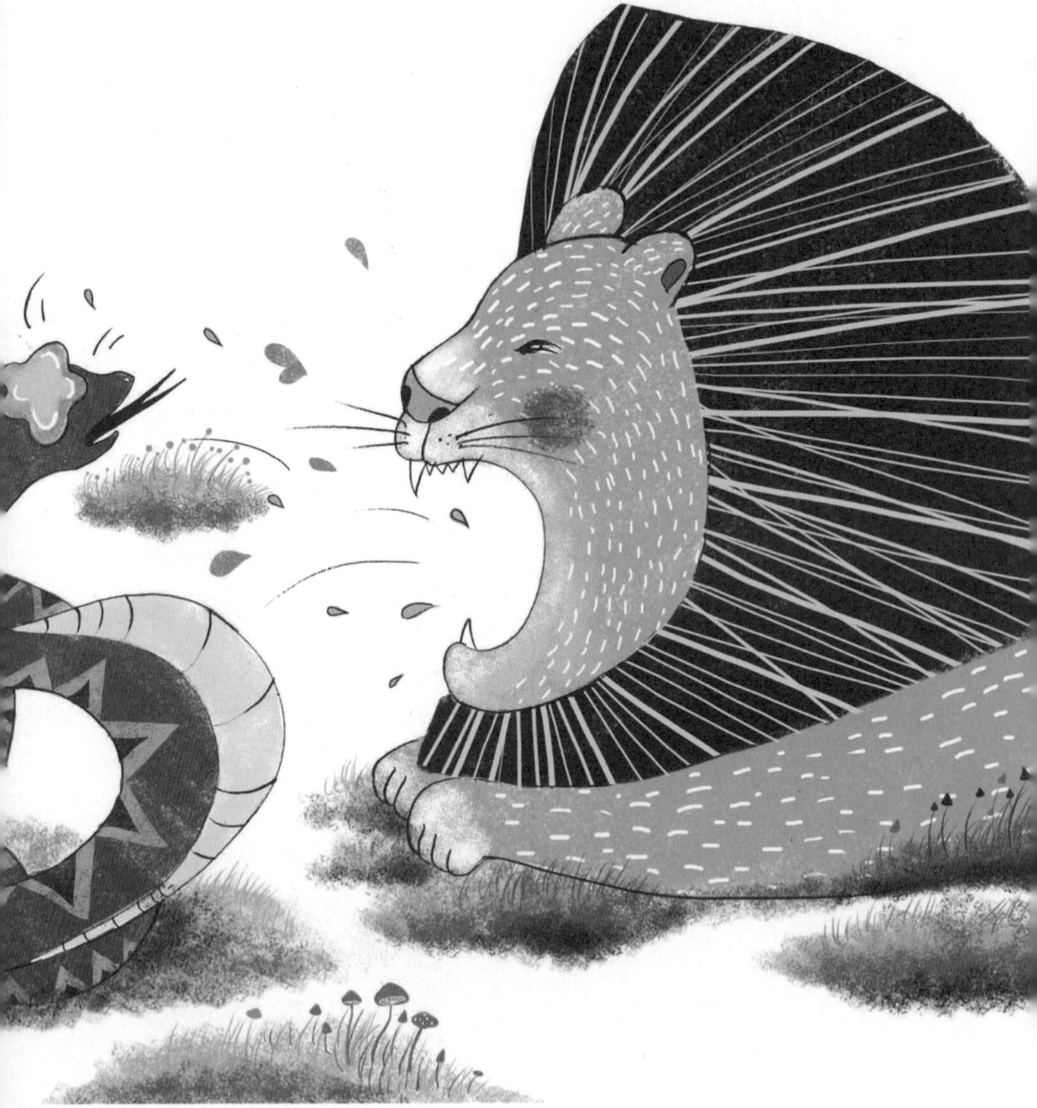

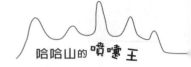

「是什麼？是什麼在我嘴裡？」蟒蛇慌亂的問。不安全的、噁心的感覺催促他：「張開嘴來！」「張得越大越好！」「最好把肚子裡所有的東西都吐出來檢查！」

蟒蛇使勁擠壓自己的肚子、脖子，吐啊，用力的吐，連他細長的眼睛也閉緊了幫忙擠，幫忙吐。所以咯，當兩隻老鼠頂著一塊黏搭搭的「口香糖」，從那足夠吞下一頭象的蛇口跑出來時，蟒蛇壓根兒沒瞧見。

丁丁和冬冬這兩隻老鼠，先前在樹洞裡睡覺，被啄木鳥吵醒；爬出來找東西吃，又碰見大蟒蛇，以為要從此一睡不醒了，哪裡知道大蟒蛇

會把他們送出來！

「嘩，差點被壓成肉醬。」丁丁喊。

「還說呢，身上這什麼鬼玩意兒？快把它弄下來！」冬冬推著丁丁。

剛才一陣奔跑，丁丁冬冬跌跌撞撞，啥也沒看到，就只低頭猛竄，現在停下來了，立刻聞到一股怪味，腥腥臭臭的，好難過！

「我要去洗澡。」丁丁說，他往河邊走。

「我用沙子洗就好。」冬冬說，他往土堆走。

走著走著，怎麼有誰拉住他們的身體。

丁丁喊：「喂，你拉我幹什麼？」

「還說呢，是你拉著我的。」冬冬有點氣。

丁丁不吭聲，再走；冬冬也閉上嘴，走。他們在賭氣。

丁丁想：「身後的傢伙，明明是要把我拉回去嘛，哼，不信你力氣比我大！」

冬冬想：「你拉著我做啥？我才不會被你拉回去咧！」

心裡有事，他倆都沒注意到頭上那團「口香糖」在作怪，硬是把丁丁和冬冬拉回來，撞在一塊兒，唷，還撞得不輕哩，兩鼠都昏過去了。

獅子在旁邊看得心驚膽顫，天哪，連吐出來的「二手痰」都這麼搗蛋，留在自己喉嚨裡的病菌不是更加難纏了嗎？那塊東西髒死了，瞧兩隻小鬼齷齪樣，清理喉嚨的事絕對不可以交給他們……

「喂，小鬼，起來。」

丁丁和冬冬睜開眼睛。一張毛渣渣的大臉把天空都塞滿了，這是……

「媽呀！」丁丁心裡慘叫一聲，才剛逃離蛇口，怎麼又遇上獅子！

冬冬摸摸頭，原來是獅子在背後拉著不放，讓他們相撞，唉，今天真倒楣！

「哼！」獅子威嚴的從鼻子噴口氣，一股風吹向老鼠。

「啊呀，臭死了！」丁丁捏著鼻子叫。冬冬把頭鑽進泥土裡：「你有鼻臭，臭！真臭！」

哼，看到獅子大王不乖乖站好，還敢說臭，找死啊？

「哼，再不滾蛋，我把你們吃下去。」獅子沒好氣的吼。兩隻老鼠一聽，應聲彈射出去，鬧得草叢「窸窸窣窣」一陣騷動。

跑得真快！獅子想不懂：憑這種身手，他們怎麼會被大蟒蛇吞了？

想不懂的事多著哩。

「獅子為什麼不吃我們？」「他為什麼那麼臭？」「大蟒蛇為什麼放我們出來？」落跑的丁丁和冬冬腦袋瓜裡就有不少問號。

大蟒蛇不吐了，他虛弱的喘著氣。「是什麼東西跑進我嘴巴？」

「那東西還在我肚子裡嗎？」他也在想。

這些問題都沒有獅子的問題重要。獅子傷透腦筋：怎樣才能找到老鼠？不對，是怎樣才能找到願意爬進他嘴巴，替他清喉嚨的老鼠！貼徵求啟事嗎？那等於告訴所有的動物：獅子生病了！唔，不行，這太丟臉了。

直接抓幾隻老鼠丟進嘴巴不就行了，等喉嚨清乾淨後，再把那些老鼠送給……送給……嗯，送給大蟒蛇好了，那條大蟒蛇到時就會「嘿嘿」笑起來，嘿嘿嘿……

打好如意算盤，獅子不知不覺學起蟒蛇的笑聲。

說也奇怪，所有的小老鼠忽然都變得熱情極了。

「獅子大王，你好！」「獅子大王，早安。」「獅子大王，這是好吃的蜂蜜，送給你。」「獅子大王，前面有獵人，你要小心喔。」

平常要找都找不到的小老鼠，不但在他經過的地方，自動從左右前後各處跑出來露臉，還殷勤的打招呼，好心的通報消息，或是恭敬的送上小點心……

到底怎麼回事？這些小老鼠都不怕我了！難道，我真的病成不堪一擊，沒有威嚴了？連貓都不如了嗎？

「獅子大王，午安。」一隻小黑鼠從獅子後腳的草堆旁跑出來。

「喂，你過來。」獅子決定問個清楚。

「是，獅子大王，有什麼吩咐請儘管說，我一定努力辦到。」小黑鼠停在獅子前面，高高興興的大聲回答。

「啊，啊……」該怎麼問呢？獅子猶豫不定。

「請別客氣，獅子大王，我叫黑球，您要我做什麼儘管說。」黑球很恭敬的看著獅子。

「嗯」，獅子忘了自己想知道什麼：「我是誰？」嗄，獅子自己嚇一跳，怎麼問這種蠢話呢？

「您是獅子大王。」黑球認真的回答。

「噢。你怕我嗎？」這句話問得還差不多，獅子定下心來。

「我不怕獅子大王。」

「為什麼？」

「您很愛護我們老鼠，會救我們，是我們的大恩人，我很尊敬獅子大王。」黑球越說越興奮：「您太英勇啦，是我們小老鼠的救星，我一點也不怕獅子大王。」

嘩，這是從何說起呀？獅子聽得一愣一愣：「喔，誰說的？」

「丁丁和冬冬自己說出來的，大蟒蛇也到處說。」

大蟒蛇！哇，慘了，那傢伙一定把我說成大笑柄了！獅子急忙問：

「大蟒蛇說什麼？」

「他說，獅子大王要他肚子裡的老鼠，他不給，獅子大王就攻擊他，害他把肚子裡的東西全吐出來，老鼠也被救走了。」

唔，這樣子說還不難聽嘛，大蟒蛇只說這樣嗎？不會吧？「大蟒蛇還說什麼？」獅子問。

「他氣壞了，到處向動物告狀，說他一定要找獅子大王報仇！」黑球說：「不過您別擔心。獅子大王，我們小老鼠全講好了，要幫您留意大蟒蛇的行蹤，只要他一出現，我們就來向獅子大王報告，放心好了。」

誰怕那隻大蚯蚓呀。我還是找老鼠清喉嚨要緊，這隻黑球正好可以幫忙。

「多了不起呀！從蛇肚子救出老鼠，只有獅子大王才辦得到，太帥了……」黑球眼睛發亮，不停的讚美。

這傢伙，如果知道他所崇拜的獅子大王心裡打的主意，大概就會跳起來逃之夭夭，不再崇拜讚美，不再恭敬高興了吧！所有的老鼠就會立刻改口說「獅子是惡魔」了吧！

「黑球」，獅子問：「你認識比比嗎？」

「比比嗎？」黑球跳起來：「對了，他一直想來跟您對不起，可是他不敢。」

「比比要跟我對不起？」

「是啊，他說他對不起獅子大王，他不該欺騙獅子大王，不應該耍弄您，更不該要您找老鼠求情，他不知道獅子大王竟然還會救了丁丁和冬冬……」黑球嘮叨個不完，獅子只好打斷他：「比比在哪裡？」

「我在這裡。」草堆裡跑出一隻老鼠，站在獅子面前，像看一座山樣的看著獅子。

「就是你！」獅子露出森白的牙齒：「你說，我怎麼樣了？」

「您有口臭。」比比感覺自己快被山壓倒了：「可是沒關係，只要把痰清出來就好。」

「廢話！」獅子很粗魯：「我的痰要怎麼清？」

「閉著嘴巴用力咳，把痰弄成一大塊再吐出來就行了。」比比真擔心「山」會把自己壓扁。

「不必找老鼠清喉嚨了？」

比比低下頭：「對不起，那是騙您的，您自己就可以清喉嚨。」

「我用力咳就行了？」

「對！」比比抬起頭來：「像您對大蟒蛇那樣……」

「大蟒蛇來了！大蟒蛇來了！」一群小老鼠叫叫嚷嚷的跑了過來，帶頭的丁丁喊得最大聲：「獅子王，那條大蟒蛇來找您報仇了。」

「躲起來，躲起來。」冬冬吱吱喳喳一路跟著叫。所有的老鼠全兜攏過來，在獅子周圍吵鬧不休。

「去躲起來！」獅子被吵得渾身燥熱，頭要爆炸了。「走開，都去躲起來。」這些小鬼，煩死了。

「嘿嘿，病貓，你怎麼不去躲起來？」大蟒蛇來得真快，獅子竟然沒察覺到。啐，都是那些小鬼害的。

「怎麼，你病得變啞巴啦？」看獅子沒說話，大蟒蛇故意問：「還是你病得沒膽子啦？那就投降吧，病貓，嘿嘿……」

獅子頭上的毛一根根豎起來，鬍鬚張得像刺蝟，分明是在用力咳嗽，嘴巴卻閉緊了，那有名的「獅子吼」怎麼沒使出來呢？

大蟒蛇不敢「嘿」了，上一回的慘痛教訓提醒他：嘴巴關起來，才不會禍從口「入」！

獅子的嘴裡含著好大一塊「石頭」。比比剛才說，喉嚨裡的痰咳出來就好了，現在，獅子等著要把痰一吐為快。可是這狡詐的大蟒蛇嘴巴不打開來，自己根本沒機會，瞧，那傢伙眼睛要吃人的樣子！

可不是嗎？大蟒蛇睜大眼睛，眨都不眨一下，他這次一定要看仔細，是什麼東西從病貓嘴巴飛出來！

旁邊躲著的老鼠看呆了，躲在樹上的比比急得啃樹皮。真要命唷，那細細「卡茲卡茲」的聲音，搔得獅子喉嚨發癢，嘴巴憋不住，「卡——」他咳出來了！

一大塊「石頭」穩穩準準的「啪！」，打中蟒蛇想看仔細所以睜得特別大的眼睛。

「哇呀！」眼睛不但痛，還被糊了一層什麼鬼東西，睜不開來。完啦，歷史又重演一次！蟒蛇慘叫著溜了。

「唷呵！」「成功！」「獅子大王萬歲！」樹上、草堆裡，老鼠們高興的歡呼，熱鬧極了。獅子覺得喉嚨無比清爽、舒服，忍不住也跟著痛快用力的叫：「吼——」。

嚇死人，一陣地動山搖，樹葉「刷刷」掉了一地，鳥兒「噗噗噗」衝上天空，草叢「窸窸窣窣」跑出好多動物。地震了嗎？

獅子吼！

「是獅子吼！」比比回過神來，高興的叫：「獅子大王，您的病好了耶。」

是嗎？

「聽聽，您的獅子吼多厲害！」

唔，好像是吧！獅子微笑的看著比比：「你這個醫生也很厲害呀！」

雷馬吉

從前，在黃嘎子山頂上有一座奇怪的森林，白天經常射出彩虹般的亮光，夜晚則是一圈白光在林子上空漂浮流動，尤其到了月圓的夜裡，在月光照耀下，那座林子更是明亮如白晝。

許多人都曾遠遠看過這座亮光四射的森林，都以為這森林裡藏了許多寶貝，可是當人們想要靠近它，進去探個究竟時，總是會有突來的大

霧籠罩這座森林，隨後它就消失不見蹤影。人們因此說它是「雷馬吉」——一座不真實的幻象之林。

這一天，為了要尋找藥草給生病的媽媽熬湯喝，住在山腰上的十二歲少年納迪，帶著家中的老黃狗獨自走進黃嘎子山。他沒有兄弟姊妹，爸爸出遠門去了，最近的鄰居在山腳下，媽媽發燒癱軟在床上已經兩三天，他必須跑一趟。

瘦小的納迪在老黃狗帶領下，走進爸媽常去採藥草的深山裡。可是滿山深淺濃淡不一的綠草，哪一種才是媽媽需要的呢？

納迪抓住一棵草正要用鏟子挖，小草卻扭擺掙扎，吵著說：「不是我！」

納迪放開手，看著老黃狗，可是老黃狗聞聞那些草，懶洋洋的垂著尾巴走開，牠一點發現也沒有。沒辦法，納迪只好一邊走一邊問：「治病草，你在哪裡？」

草叢靜靜的沒有回答，卻自動往兩旁倒下，分出一條小路。納迪順著路前進，不知不覺走進樹林裡。

「咚」「咚」「咚」，樹上滾落的雨滴打在納迪頭上。下雨了嗎？他奇怪的抬起頭。周圍又高又大的樹木從來沒見過，這是什麼地方？老黃狗跑去哪裡了？

「咚」「咚」，又有雨滴掉在納迪頭上，他覺得頭皮好痛！這回他注意到，樹梢頂端有亮亮的東西在閃呀閃的，到底是什麼呢？

「小伙子，你迷路了嗎？」背後突然有人說話，把納迪嚇一跳。回過頭看，是個穿綠衣白髮白鬍鬚的老公公。

納迪說出自己來幫媽媽採藥草的事。老公公點點頭：「我知道那種藥草，不過，你可不可以幫我一個忙？」他指著樹頂上說：「我的衣服被風吹到樹上，你能爬上樹把它拿下來嗎？」

「沒問題。」納迪很快的抱住樹幹往上攀，瘦小的身軀靈活的鑽進枝椏裡搜尋。果然有件白亮亮的衣服披掛在樹梢，他小心翼翼抱著樹枝爬過去，拿起那件衣服。

「丟下來，快把它丟下來給我。」老公公在樹下喊。

樹葉們突然劇烈搖晃起來，「沙沙」「沙沙」作響，樹枝也跟著抖動不停，納迪趕緊爬回粗大的枝椏間站穩身子。

「不，不可以，他是惡魔，不可以給他！」所有的樹葉都張開口大喊。

納迪嚇呆了，緊緊抓住衣服不敢亂動。老公公揮舞雙手發出一陣一陣狂風，吹向樹上的納迪。幸虧納迪個子小，正好躲進枝椏間凹陷的樹洞，才沒有被狂風捲上天去。

「把衣服穿起來，快，把它穿到你身上！」樹葉在狂風中叫喊，催促納迪。

「不，不可以，我命令你把衣服丟下來。」老公公在樹下喊，雙手揮動得更快，風勢更猛烈。樹葉們開始一片一片被吹落，他們絕望的催促納迪：「快點把衣服穿起來，求求你。」淒厲的喊叫在呼呼大吼的風中不斷傳來。

納迪覺得自己快撐不住了！狂風伸出手，抓住他的身體，揪著他的頭髮，扭他的手臂，扳他的雙腳，一直要把他摔出去！「小伙子，快把衣服丟下來。」老公公的聲音裡藏了把刀子，切破狂風，又冷又硬的劃過納迪耳朵。好痛啊！

「原來他是個騙子！」納迪確定自己遇見壞人了。手上這件衣服一定是什麼寶貝，壞人才會這樣著急想要！他看看四周，樹上葉子被硬生生吹掉一大半，細小的樹枝多已折斷撕裂，整棵樹搖搖晃晃，好像快倒了！

納迪顫抖著手，胡亂把那件衣服往身上一套，就閉緊雙眼抱著頭，蹲在樹洞裡等待可怕的最後一刻。

「轟隆隆」，整棵大樹像被連根拔起，巨大的震動把納迪的身體摔出樹洞，「啊——」在納迪的驚叫聲中，所有的樹葉全都飛起來，聚攏在一起成為一張毯子，托著納迪的身體慢慢飄落地面。

感覺自己被溫柔的抱住，輕輕放在地上，納迪訝異的站起身，左瞧右看。這是怎麼回事？那個壞老頭呢？

「還好你及時把衣服穿起來，惡魔才被嚇跑。」地毯告訴納迪：「這件衣服可以化解一切魔咒，天神把它交給我們，要我們保護這塊土地。惡魔一直想要銷毀它，好佔有這座山林，不過他必須先得到衣服。」

「你們是誰？」納迪忍不住問。剛才是葉子，現在是一張毯子，更早之前連小草也開口跟他說話，太神奇了。

「我們是小精靈，專門保護森林，不讓任何人闖進來。但是惡魔太厲害了，故意把你帶進這裡，要利用你拿下這件衣服。」毯子向納迪彎彎腰，自我介紹。

「這件衣服沒什麼特別呀！」納迪看看、摸摸，懷疑的很：「我很容易就把它拿下來了。」

「必須光著手才可以拿下它。但是惡魔不行，只要皮膚接觸到衣服，他們的法力就會完全消失。」

「你們應該把這件衣服藏好，不要讓惡魔知道。」納迪脫下衣服放在毯子上。說也奇怪，毯子和衣服立刻就不見了。納迪四下張望，只看到森林又回復先前茂密高大的模樣，所有的葉子全都回到樹上，好像什麼事也沒發生過。

「謝謝你，可是不管我們怎麼藏，這件衣服發出的光是遮不住的。」樹上傳來小精靈的話語，納迪突然想起那個神秘的傳說。

抬頭一看，樹梢頂端流動著七彩虹光，美麗絢爛。「雷馬吉！」他驚喜的叫出聲。

「是的，這裡就是雷馬吉。」濃霧悄悄升上來，把納迪包得密密實實，連自己的腳都看不見。「我們把治病草交給老黃狗了，謝謝你的幫忙，快回去吧。」小精靈的話說完，濃霧也跟著散去，露出廣闊的天空，森林就這麼在納迪眼前消失了。

這是做夢嗎？納迪回過神來，身旁的老黃狗正朝著地上一堆青草聞嗅嗅，不停搖尾巴。納迪蹲下來仔細看，發現那正是爸媽平常採摘回家的藥草。

「嘿，你找到治病草了。」納迪拍拍老黃狗，心中卻滿是疑問：為什麼這麼巧？

影子不見了

早飯吃過後，神偷李吉蹲在家門口，烏亮亮的眼睛盯著街上來來去去的行人一直瞧。嘿，每個人身邊都有影子跟著，主人動，影子就動；主人走，影子也走。李吉突發奇想：「我如果把每個人的影子都偷來，大家會怎樣呢？」

李吉打定主意，推著一輛板車出門。沿路上他低著頭推車，看準人家的步伐後，腳尖輕輕一挑，沒見他用什麼手法，只是手臂稍微甩動，一個影子就悄沒聲息的滑進板車裡。他推著板車繼續走，等走完一條街，所有人的影子全進了板車，李吉這才回頭對著身後的人隨口亂喊：

「咦，你們怎麼沒影子？」

聽到喊聲，幾個人低頭一看，啊喲，真的，影子不見了！「喂，有沒有看見我的影子？」「糟糕，我的影子不見了。」「啊呀，我的也不見了！」「慘了，我的影子呢？怎麼跟丟了？」他們這一叫嚷，旁邊眾人跟著也發現自己沒了影子，怎麼大家伙兒影子都不見了呢？「快，快，幫我找影子！」「影子呢？影子……」

叫喊聲嚷嚷嘈嘈，整條街亂作一團。幾十個沒影子的人慌得低頭尋找影子，撞撞碰碰、唉唷唉唷的，全都臉色發白，心想自己大概壽命到

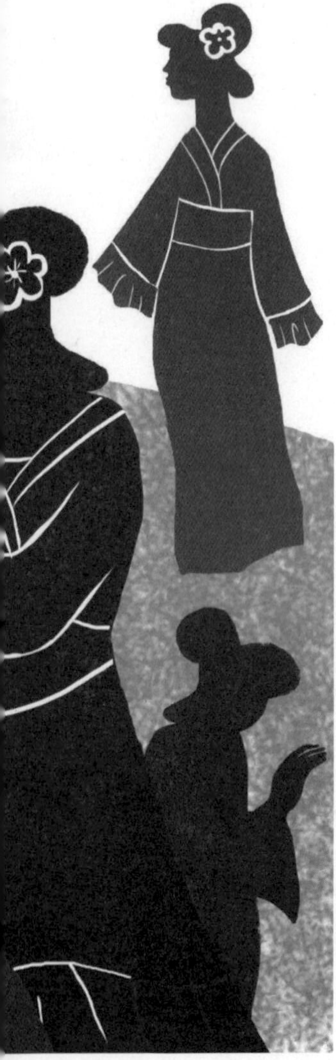

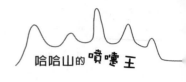

了，影子才會在大太陽底下消失！不由得你嘆一口我吁一聲，垂頭喪氣的各自往家裡走，準備等死。

消息傳得可真快呀，兩邊街口這時都堵滿了人，全是來關心的。眾人議論紛紛，都說這是條「無影街」，走到這街上影子就會消失，命也會丟掉。聽這麼一說，更是嚇得沒有人敢走上街去安慰個一字半句。

王二叔原本上工下工都要經過這條街，現在他說什麼也不去工作了。「叫工頭把我辭了吧。丟了工作可以再找，丟了命要去哪兒找？不去不去。」

李大嬸沒了影子，眼睛哭得紅通通，來到張老伯的米店要買米。張老伯抓起掃把趕她：「走開走開，你沒影子，就快死了還吃什麼飯！別把晦氣帶進我店裡來，快走快走。」

開銀樓的趙老闆，一兒一女全託鄰街的奶媽帶，現在聽說趙老闆影

子不見了，奶媽嚇得把那一雙小娃兒帶到無影街口放著，她人就跑了，任憑兩個小奶娃在那街口哭喊，滿地亂爬。旁觀的一堆人竟也眼睜睜看著，還是趙老闆聽見孩子哭聲，跑來把娃兒抱回家。

「搞什麼嘛？」混在人群中看熱鬧的李吉越看越氣。先前得意洋洋想看好戲的李吉，現在可是一個頭兩個大：「我開什麼玩笑？弄得大家這樣胡鬧！」

等到人潮散去，大家進屋裡抱頭痛哭，李吉趕快推著板車上街，把車裡的影子一張一張往牆上貼。幾十個影子被他左一扔右一甩，雙手一陣亂舞，居然很快就在街邊立正站好。

「喂，出來找影子喔。」「影子回來啦！」「快來找自己的影子喔。」李吉挨家挨戶去敲門，「砰砰砰」「咚咚咚」，通知每個人來認領影子。

聽到這個好消息，大伙兒喜出望外衝出來，急著把影子找回家。可是哪個影子是自己的呢？只見一排影子有大有小，卻看不出身材臉孔，怎麼認？大家便就胡搶亂抓，拿起影子往身上比，不對勁，不是這個，趕快丟下再搶另一個影子。整條街熱鬧滾滾，好像逛市場、擺地攤。

李吉在混亂中溜回家。他看著自己的影子發呆：「到底是人重要？還是影子重要？」

青蛙變蛤蟆

1

蛤蟆山上住了一隻青蛙阿莫，他得意洋洋，認為自己與眾不同，長得比其他居民都漂亮。

可是，山上所有的居民看了他都笑，說他是怪物，「蛤蟆山上住的可都是蛤蟆呀！」人家告訴他。

「別做夢了，你只是怪物，哪有高人一等，哼！」

「你這樣子哪有漂亮？根本就是大大醜八怪！」

青蛙阿莫被笑得火冒三丈，心裡懊惱極了：「好，你們不相信，還

說我醜，等我去整容成一隻天鵝，看你們誰還有話說，走著瞧！」

他說做就做，立刻去找了蛤蟆山上的巫師老蛤蟆精，要求做一次改頭換面的整容手術。

「改頭換面！你想要變成什麼樣子？」

「天鵝！」阿莫想像著游在碧波蕩漾中的高貴黑天鵝：「我要變成一隻典雅迷人的天鵝。」

老蛤蟆精搖搖頭：「你太貪心了。」

「你別管，只要幫我整容就行了。」

「好吧，我盡力而為。」

老蛤蟆精拿出一大堆瓶瓶罐罐，要青蛙阿莫塗滿全身，又要他喝下好幾種藥粉調製的藥水。

「這是換膚膏，每天擦十遍。」

「這是塑身藥水，能改變身材。」

「這是……」老蛤蟆精說得煞有其事，阿莫聽得心花怒放，帶著藥回去後猛喝猛擦，希望早些變成天鵝。

「啊呀！」果然，當山上的住戶再看到阿莫時，個個都驚叫出來，訝異極了。

阿莫剛想大笑三聲，卻接著聽到：

「你是哪裡弄來的醜面具？」

「這比先前的樣子還更醜、更怪！」

「嘖嘖，你的皮膚怎麼起水泡了？」

怎麼可能？美容整型失敗了嗎？

阿莫氣急敗壞的找上老蛤蟆精。

搖頭嘆氣的老蛤蟆精說：「我的藥只對癩蛤蟆有效，你瞧，現在你

已經變成一隻癩蛤蟆，已經改頭換面了，你還想要什麼？知足點吧！」

阿莫啞口無言，沮喪的看著自己身上一粒粒、一顆顆的大包小包，只能怪自己異想天開！現在，天鵝阿莫沒現身，連青蛙阿莫也失蹤了，這世界從此只有癩蛤蟆阿莫。

「唉！」癩蛤蟆阿莫深深嘆口氣，鬱卒啊！

2

最近，癩蛤蟆阿莫心情低落到谷底，不痛快得很。

他剛離開家，到外面獨立生活，可是，他不但被人嘲笑，也被昆蟲、動物們排斥，就因為他一身的癩皮、癩痢頭，長得實在有夠醜！

「黑仙，當心後面，那隻醜八怪來了，你別碰到他！」小朋友在玩耍，阿莫被嘻嘻哈哈的笑聲吸引，羨慕的跳過去，希望分享一些快樂，不料，小朋友卻指著他這樣說。

「他有毒，又好醜，我們不要跟他玩。」小朋友的話刺痛了阿莫的心。

他離開小朋友跳到水溝邊，老鼠見到他，邊逃邊喊：「唉唷，你怎麼長得滿頭包！」

阿莫很委屈。不知道為什麼，自己就是比其他的癩蛤蟆還要難看，同樣是滿身疙瘩，他的疙瘩就特別多又特別大！

蝴蝶在他頭上笑：「癩皮癩皮……」沒等蝴蝶說完，阿莫氣鼓鼓的脹著臉，蝴蝶嚇得快飛，看到動物們就告狀一番：「那隻癩蛤蟆真兇，又沒對他怎樣就要發脾氣，好可怕！」

阿莫到處跳到處碰壁，他瞪著眼鼓著臉，為找不到朋友一直氣呼呼的，癩皮疙瘩越長越多，頭上的癩痢疤越來越大。

怎麼辦？大家都因為他長得醜，不跟他做朋友，還是再去美容吧！

河馬賴大夫是最高明的美容師，歪著頭打量阿莫一會兒，說：「你也不胖，用不著體雕塑身；至於皮膚嘛，泡溫泉就會改善；可是你的臉表情凶狠，一定是心裡怨氣怒氣太多，這，我就沒辦法了。」

「哼，誰要是跟我阿莫一樣，到處被拒絕，心裡不怨不氣才怪！」癩蛤蟆阿莫泡在溫泉裡，越想越恨，頭一栽，潛入水中，打算悶在裡頭不出來。

可惜，他連這點本事也沒有，很快就「刷拉」一聲，把頭伸出水面大口大口喘氣。

哪有這麼悲哀的事，樣樣都不如人！阿莫不認輸，拗起脾氣，非練成悶水憋氣的本事不可。那個溫泉被阿莫攪和得泥泥黃黃，像一灘爛泥巴。

動物們知道阿莫在溫泉裡，都避得遠遠的。這倒好，溫泉變成阿莫專屬的練習場，他髒髒土土的膚色，跟泥黄的溫泉融為一體，看不出什麼美醜。阿莫自自在在，不受打擾，也不怕有誰來笑他，天天在泥水裡苦練。

漸漸的，他浮出來換氣的時間越來越短，待在水裡頭的時間越來越久。甚至，他還可以在水裡頭拳打腳踢，手舞足蹈，翻跟頭，等做完幾個動作才出來換口氣。

真好玩！阿莫覺得很快樂，忍不住鼓著鳴囊「嘓嘓」「嘓嘓嘓」一陣亂唱，他自己聽得都笑起來了。

「喂，你在唱什麼？」樹上不知什麼時候飛來一隻白頭翁，問他。

「喔，我在唱：你很漂亮，你很可愛。」阿莫跟白頭翁開玩笑。

「你唱得很好。」白頭翁說：「而且，你很會游泳。」

阿莫笑起來：「那當然，我一直在這裡練游泳，練很久了。」

白頭翁甩甩頭：「你們青蛙本來就很會游泳，為什麼還要練？」

哇，天哪，白頭翁把阿莫當作青蛙！

阿莫想了想，說：「你錯了，我不是青蛙，我是一隻癩蛤蟆。」

白頭翁盯著他左看右看，雖然不出聲，腦袋上頭卻飄浮著好多個問號。阿莫索性跳上岸，讓白頭翁看仔細。

安靜了好半晌，白頭翁最後說：「你是最漂亮的癩蛤蟆。」

阿莫很高興：「謝謝你，我喜歡當癩蛤蟆。」

「不過」，白頭翁又說：「你比較像青蛙，你的皮膚很光滑。」

阿莫吃驚的低頭看自己，果然，先前的癩皮疙瘩不見了，身上光滑滑的，還隱隱有些綠色透出來！怎麼回事？他剝掉一層皮了嗎？

「你知道嗎？以前大家都笑我癩皮醜八怪，我真的很醜！」阿莫有些傷心。

「有什麼關係？大家都有自己的樣子嘛，像我，一頭白髮，我也不難過。」白頭翁在樹上跳來跳去。

「對呀，我又不想當最漂亮的動物。」阿莫又笑了。

「我看過的癩蛤蟆當中，你最漂亮。」白頭翁一本正經的說。

「謝謝你，跟你聊天真好。」抬起頭，阿莫很誠懇的微笑。

白頭翁飛到阿莫面前：「跟你做朋友真有趣。」

做朋友！阿莫心裡跳一下，原來，交朋友就是這種輕鬆自在的感覺呀！

第一次有了朋友的阿莫，高興的看著白頭翁：「哎呀，我應當想辦法變成天鵝，就可以陪你在天上飛了，哈哈……」

種春天

放學了，虎囡囡和猴囝囝蹦蹦跳跳地跑出來。今天，他們有個好玩的新點子。

虎囡囡順著校門前的山坡滾下去，猴囝囝攀著山壁岩石跳上樹，一路盪下山。

「我去找毛筆。」虎囡囡喊。她滾得滿身滿臉的土，笑呵呵的對著樹上說。

「好，我去找墨汁。」樹上的猴囝囝丟下話，跳進灌木叢翻翻找找。

虎囡囡跑回家。

什麼東西適合做毛筆呢？院子裡的掃帚、廚房裡的拖把、臥房裡的皮球、客廳裡的地毯、書房裡的地圖……她一樣一樣的拿起來，又一樣一樣的放下。這些都不管用，她要找的東西得輕巧稱手，才能寫出漂亮好看的字。

唔，到底在哪裡呢？虎囡囡張大晶亮的眼兒，繼續找。

樹叢裡的猴囝囝滿頭汗，葉子被他搔癢得唏唏嗦嗦叫。找什麼呢？「能榨出顏色的傢伙在那兒？」猴囝囝大聲問。

「是我，是我。」「我是紅色的。」「我是黃色的。」「在這裡。」「在這裡。」「看過來，看過來。」一大堆果子爭著向他喊。

猴囝囝兩手不停摘，哎，好忙呀。

傍晚，虎囡囡和猴囝囝來到山坡上。

猴囝囝帶了好多桶顏料，紅的、黃的、白的、紫的、藍的。「用這

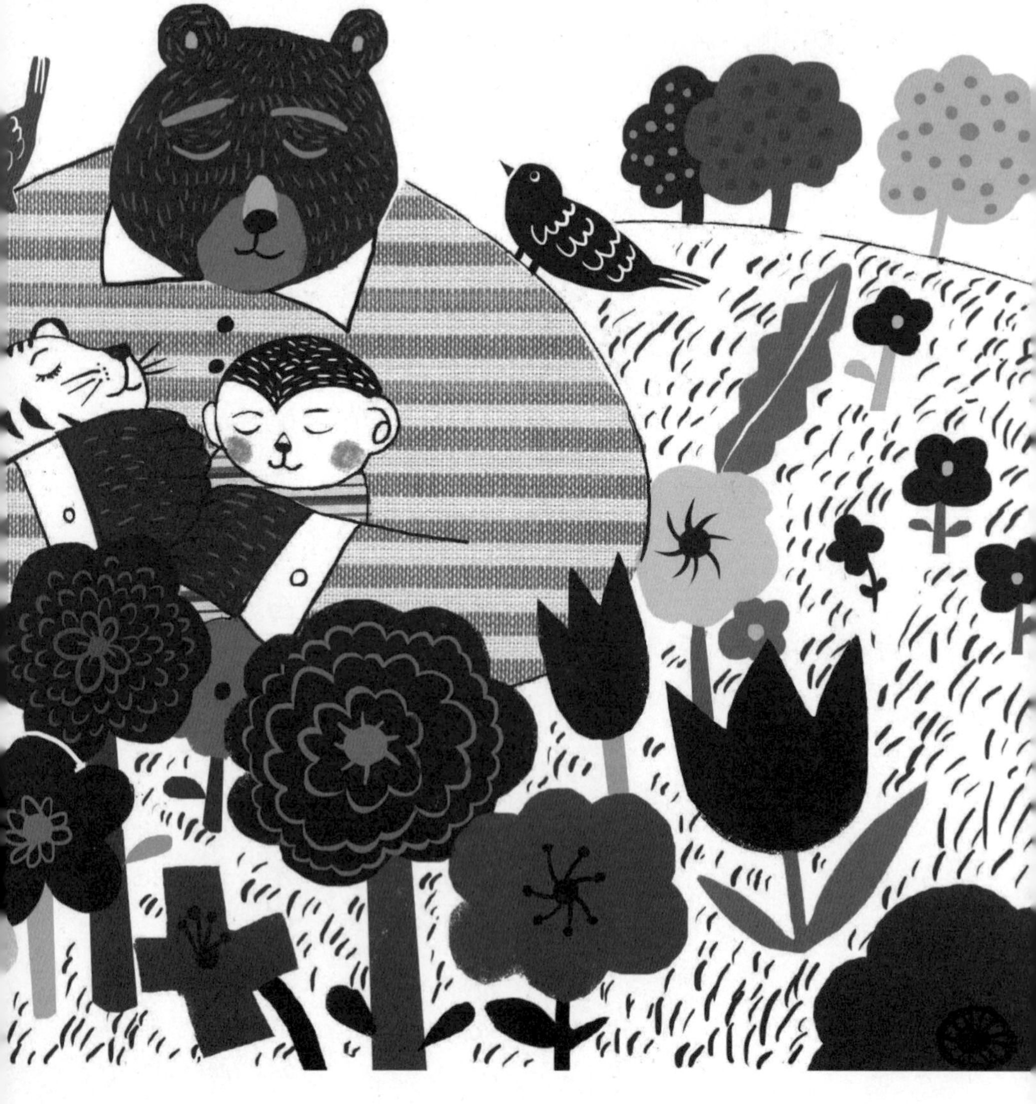

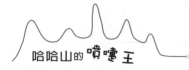

個做墨汁，比黑色好看。」他說。

虎囡囡帶來大又長的水管，「拿這個當毛筆，好寫又不沾手。」她很得意。

他們把水管插入桶子裡，朝另一頭用力吸兩口，顏料立刻流出來，五顏六色的種子混在顏料裡扮鬼臉，跳曼波。

「快呀，快寫呀。」虎囡囡興奮的喊。

寫什麼呢？哈哈，「看我的。」猴囝囝舉起水管，在山坡上揮來舞

去，好大一個「春」字很快就出現了。

「換我寫了。」虎囡囡拿過水管，轉身也灑出一個「春」字，大大紅紅的。

好主意呀，囡囡和囝囝把山坡上寫滿大大小小的「春」，紅黃藍白紫，密密麻麻。他們很用心的寫，寫一個就大聲唸一遍。他們在比賽，比誰寫得漂亮，比誰唸得大聲。

太陽看著山坡上一片色彩，笑咪咪的下了班，快快樂樂回家去。

月亮上班了，瞪大眼仔仔細細看著山坡上一片色彩。

「沒地方寫了。」猴囝囝爬上樹，檢查一遍：「都寫滿了。」

虎囡囡看看桶子，還有不少顏料哩。「你可以寫在樹上。」她舉起水管：「我去石頭上寫。」

猴囝囝倒掛身體，朝樹上揮灑；虎囡囡跳上岩壁，在石頭上書寫。

用完最後一滴顏料，猴囝囝跳下樹，虎囡囡爬下岩壁，滿意的望著作品。

「顏色很漂亮。」虎囡囡甩甩尾巴。

「像一塊毯子。」猴囝囝抓抓頭。

「好大一塊毯子。」虎囡囡朝猴囝囝笑。

「我們真厲害。」猴囝囝也很興奮。

他們互相稱讚、欣賞，一起收好桶子和水管，高高興興回家。

月光下，一塊美麗繽紛的毯子靜靜睡在山坡上，虎囡囡和猴囝囝也在靜靜的夜裡睡著了。

好奇的月亮，跑進虎囡囡的夢裡，看見虎囡囡正在聽灰熊校長說話：「今天回去，每一位同學都要做一件偉大的事……」

虎囡囡隨著鼾聲說夢話：「我要做偉大的事。」

月亮也進到猴囝囝的夢裡去。猴囝囝正在跟虎囡囡商量：「我們想辦法讓山坡變成漂亮的地毯……」

夢裡的猴囝囝邊說邊比畫著。

夢，把囡囡囝的主意透露給月亮。

伸手招來一朵烏雲，月亮請他在山坡上灑下一場雨。

烏雲驚訝的望著山坡：「下雨？把這麼漂亮的色彩沖掉？」他搖搖頭：「不好不好，太可惜了。」

「沒關係的。」月亮站到烏雲背後催促他：「你把雨水均勻的灑下去，讓色彩滲進泥土就行了。」

烏雲照著月亮的要求，落下一滴一滴、一顆一顆的雨珠。儘管他很小心，山坡上的美麗地毯還是被雨水洗得斑斑駁駁，褪去了色彩。

「哎，不漂亮了，多可惜！」烏雲嘆口氣。

月亮伸出臉，看清楚山坡上的變化，又回到烏雲背後催促他：「這樣還不夠，請你再多灑一點。」

直到雨水把所有色彩都洗得不見痕跡，山坡又回到原先的光禿泥黃，月亮才拍拍烏雲：「好了，這樣就行了。」

烏雲很懷疑：「你確定這樣做是對的嗎？」

月亮點點頭：「是的。」重新露出笑臉的月亮叮嚀烏雲：「記得把今天晚上的這些事告訴太陽，接下來就看他的啦。」

太陽當然知道該怎麼辦，可是眼前的山坡，和他昨天下班前的模樣未免差太多了！太陽還是忍不住嘆口氣。

學校裡，一群學生正在嘰喳聒噪著，虎囡囡和猴囝囝無精打采的垂著眼皮，格外沉默，還有點沮喪。

「我啃了一整晚的紅蘿蔔，一分鐘也沒停，直到我睡覺為止。」小兔子報告他所做的偉大事情。

「我鑽一個下午的地道，從學校通到我家，下雨天我就不會淋雨了。」小老鼠也完成了。

「各位，我終於學會數數兒啦！」刺蝟寶寶說：「昨天放學後，我仔仔細細把全身上下的刺數了一遍，再不會錯了。」

狐狸在昨天背會了森林法則；狗小弟昨天在河裡來來回回游了十趟；小鹿練習踢足球，現在可以把球穩穩踢進球門。

松鼠在松果上雕刻，「喏，這是我的作品。」一顆雕琢精巧的松果吸引了大家的眼光。

「嗯，很好，你們都做了件偉大的事。」灰熊校長大大讚賞一番，然後，他看著囪囪和囝囝：「你們呢？」

「我……寫了一堆字……」虎囪囪低下頭，吃力的擠出聲音。

猴囝囝勇敢的看著大家，結結巴巴的說：「我們兩個……在山坡上……寫滿了……字……」

山坡上？

「沒有啊！」「什麼也沒看到嘛！」「是學校前面這個山坡嗎？」

動物們張望著，懷疑著：「字在哪裡？」

「字……」虎囡囡紅著眼眶：「字被雨水沖掉了！」

「昨晚下了一場雨，我們寫的字都被洗掉了！」猴囝囝懊惱的抓著頭。

「哈哈哈……」大家抱著肚子笑成一團。

「你們為什麼不寫在紙上呢？」

「把字寫在地上，真不賴呀！」

「喂，各位，他們最偉大的事，就是說了一個很好笑的笑話，哈哈……」

太陽悄悄躲起來，不敢去看那兩張傷心失望的臉孔，他努力工作，把光和熱送進山坡上、樹上、岩石上。

整整一天，明亮溫暖的陽光照耀著大地，昨夜雨水浸過的泥土濕濕軟軟，亮光和熱氣輕易就鑽進裡頭。

快喔，快喔，太陽期待著種子們發芽、茁壯。

一直到放學，太陽才又看見他們。猴囝囝悄悄從學校後門離開，兜了好大一圈回家。虎囡囡垂著頭，默默跳上山壁，踩著影子回家。他們都離開山坡遠遠的！

乘著夜晚的翅膀，月亮再度來到虎囡囡和猴囝囝的夢中。

睡夢裡的虎囡囡，正在山坡寫五顏六色的「春」，猴囝囝忙著把一大塊美麗的地毯，從山坡上披垂下來。他們笑嘻嘻的翻筋斗、打滾，好快樂！

月亮點點頭，回到空中，招來烏雲又下一場雨。

淅淅瀝瀝，雨水滲進泥土，抱住土裡的種子。

月亮露出臉，對著山坡輕輕唱歌：「快喔，快喔，種子們，快點伸出手，快點伸出頭，快喔，快喔……」

熟睡的種子不自覺翻翻身，掀起身上一小撮泥土。

它們要醒來了嗎？

伸長暖暖熱熱的大手掌，太陽仔仔細細檢查每一撮泥土。憑著光和熱，太陽撫摸到鼓脹飽滿的種子，正在輕微的顫抖，沒錯，它們就要破土而出了。

強烈灼熱的光直直照射下來，熱得種子們爭先恐後探出身體，擺脫泥土裡潮溼陰暗和臃腫沉重的負擔。

當心急的月亮提前來上班時，太陽都還沒休息呢。地面上已經佈滿細細碎碎的小綠芽，這一整天，種子們長得可真快。

「那麼，今晚我也要好好加油啦。」月亮笑咪咪朝小綠芽緩緩吹氣。

涼爽的風拂過，綠芽兒精神一振，紛紛挺直身體，享受舒服的涼意。

「快喔，快喔，長大你的身體，長大你的枝葉，快喔，快喔……」爬到更高的天空，月亮聚精會神的吟唱。

歌聲灑落在夜幕裡，柔緩均勻的，在綠芽兒上面反覆摩娑。

滿天星子全都眨著亮閃閃的眼睛，加入月亮的歌唱：「綻放吧，美麗的花朵，白的嬌，紅的豔，藍的柔，黃的媚，紫的俏，看呀，看呀，春天已為你歡笑沉醉……」

聽聽，萬籟俱寂的夜裡，優雅柔美的星月合唱曲含著月華、星輝和露水，含著祝福、祈禱和呼喚，點點滴滴、聲聲句句，都落入夜幕裡，落入不斷長高的綠芽中。

黑夜逐漸飄揚、飛升，褪化成白紗。所有的綠芽，魔術般長成含苞待放的花朵，一株株嬌俏挺立著。

山坡在一夜之間變成花園，樹底下、岩石旁也都長滿了花。

最先看到這幅奇景的，是來上學的動物們。

「怎麼回事呀？你們看！」「誰變出來的呀？」松鼠和兔子大聲叫嚷起來。

狐狸和狗小弟看得嘖嘖稱讚：「真是漂亮！」「太美了！」

「哇，好多顏色！」刺蝟寶寶眼花了，數都數不清。

充滿生氣的花朵們都還含著露珠兒呢！是那麼朝氣活潑，真真實實打動了每一顆心。

「這一定是囡囡和囝囝做的！」「他們呢？找他們來看！」

聽到大家七嘴八舌的描述，又被嘰嘰喳喳簇擁著來到山坡前，親眼

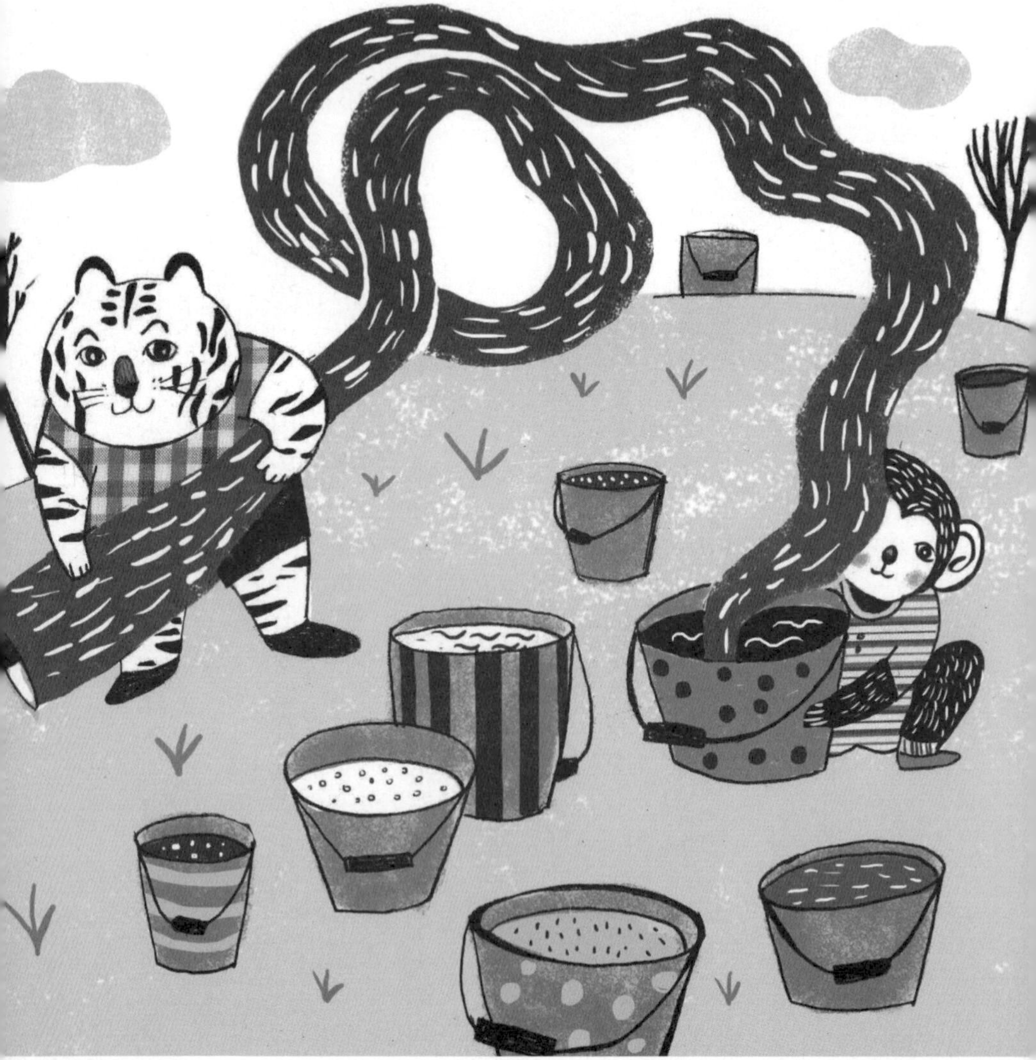

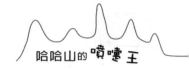

看見自己的傑作，虎囡囡高興得目瞪口呆，猴囝囝更是動也不動，忘了呼吸。欣喜，在他們心裡跳躍著。

太陽適時的探頭微笑，萬丈金光拂過，花苞們一齊綻開花瓣，讓陽光一一為它們點上粉妝。

爬在樹上的松鼠和兔子又叫出聲來：「有字欸！」「那些花會寫字耶！」

聽到這話，虎囡囡迅速跳上山壁往下瞧，猴囝囝忙攀上樹枝一路竄，他們興奮的指指點點，喊著笑著。

「我要看，我要看！」小老鼠央求長頸鹿，把他舉起來好看個清楚。

花朵們排出了一個一個藍色、紫色、黃色、白色、紅色的字，通通都是「春」。大大小小、交錯間雜的字，每一個都是「春」！

「囝囝，是你們寫的嗎？」「囡囡，這就是你們寫上去的字呀？」小鹿追著他們兩個問。

微風吹過，花朵輕搖柔軟的身軀，像極了厚厚絨絨的花地毯。

是的，是的！這就是囡囡和囝囝辛苦做好的，「一件偉大的事」！那塊被雨水擦掉，囝囝夢中出現的美麗地毯，現在又掛出來了，而且更加動人，更有生命。

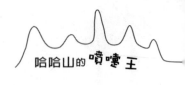

「好孩子，謝謝你們把春天帶來。」灰熊校長感動的摟住囡囡囝囝：「你們太可愛了。」

陽光下，虎囡囡和猴囝囝神采飛揚，笑出燦爛的天使容貌。能把山

坡寫成一塊春意盎然的花毯，供大家天天欣賞，這才是最了不起的偉大作品哪！

老乞丐的雕像

大清早，一個衣衫襤褸的老乞丐，提著破爛的布袋站在城外樹蔭下，等候過往的路人。

起早趕路的巫義，衣著整齊、步伐輕快的走出城門。想到過不久，在下一個城市將得到一份好工作，他手舞足蹈，吹起口哨來。

「先生，請你幫我一個忙。」老乞丐攔住第一個經過的巫義，請求把那一隻骯髒的破布袋揹到下一個城市，再幫忙變賣裡頭的東西。

「得到的錢請幫我帶來，那是我全部的財產了。」老乞丐沙啞的嗓音，透露出他年邁體衰的窘境。

巫義接受請託，揹起袋子向鄰近的城市出發。途中，他打開袋子查看，意外發現裡面滿是珠寶首飾。「反正那乞丐不認識我，只要我走得遠遠的，任何人也找不到我。」於是巫義揹著這一袋寶貝，走往另一個遠方的城市，從此沒再回來。

老乞丐等候在城外樹蔭下，神情疲倦悽苦。來往的群眾沒人理會他，帶著冷漠的心走過他身旁。老乞丐不吭聲的瞧著人來人往，既不哈腰乞討，也不點頭稱謝，他只是站著。一天又一天，老乞丐始終在那裡，站立的瘦弱身軀傴僂了，變成坐姿，不改的是他臉上孤傲輕蔑的表情。

人們的眼光逐漸充滿訝異。「他在嘲笑我們嗎？」「他為什麼這樣堅持？」「他還能撐多久？」大家打量他的同時，心中都有個問號。

一年過去，老乞丐成為這座城市的獨特景觀——城門外有棵樹蔭濃密的巨大榕樹，樹下坐著一個蒼老駝背的乞丐。人們給他食物、飲水甚至錢，老乞丐從不說話也不微笑，沒有人清楚他的事情，但是卻到處說他；提到這座城市就一定要提到老乞丐。

在遙遠他方的巫義，多年以後輾轉聽到這座城市和老乞丐的消息。他茶不思飯不想，接連幾天的睡不安穩，終於決定回去看老乞丐。帶著全部錢財，巫義打扮成狼狽落魄的流浪漢，滿臉愧疚惶恐的來到城外樹蔭下。

不堪歲月摧折的老乞丐，氣息奄奄坐在樹蔭下，彎駝的身軀乍看宛如一座石雕像，巫義差點驚叫出聲。

他走近前，就著月光，清楚看見老乞丐臉上一條條

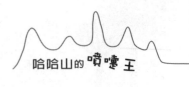

歷盡滄桑的皺紋。儘管老乞丐兩眼迷濛，巫義還是把大袋錢財放在老乞丐瘦骨嶙峋的手上。

「我把你的錢帶來了。」巫義深深一鞠躬，祈禱自己的悔改還來得及。

老乞丐鬆開繃著的嘴角，瘖啞含

糊的說：「你沒有騙我！」

巫義低下頭誠心懺悔：「我不該騙你！這裡是你全部的財產。」

老乞丐顫危危的笑：「好，好……」錢袋從他手上滾下來，落在腳旁。老乞丐的笑聲停止，頭垂到胸前，死了。他的等待結束了，生命也畫下句點。

巫義在那裡守候到天亮。一整夜，他在老乞丐身邊數落自己的不該。

日出後，當地民眾看到榕樹下陌生的臉孔，也發現老乞丐的死亡，又意外的聆聽了一個流浪漢與老乞丐的故事。望著老乞丐臉上的笑容，居民們搖頭唏噓，他們埋葬了老乞丐，還為老乞丐塑了一個雕像，擺在城外那棵有濃密樹蔭的大榕樹下。

老蘋果樹

果園裏有一棵又高又大的蘋果樹，它年紀很老，樹皮都皺了。

一天，果園的主人來到這棵蘋果樹前，坐下來糗它：「你這棵蘋果樹真是不中用呀！三年，三年了！你一顆蘋果也沒長。」

老蘋果樹很傷心，它深深嘆口氣。想當初，全果園就數它最有身價，不但長得特別壯、特別高，結的果實特別多又特別香、特別甜，它還因此被主人叫做「特別」哩。

「唉，特別呀，我要走嘍，坐在這裡，你也不可能從樹上掉個蘋果下來，讓我變成牛頓第二……」主人嘮嘮叨叨的走了。

老蘋果樹傷心極了。從前每到收成的日子，主人從它身上摘下蘋果，一簍又一簍的賣給商人，園子裡其他蘋果樹結的果子都沒有它多，那個時候的它，多風光啊！

傷心的老蘋果樹忍不住流下眼淚，它的眼淚滴到樹上的一隻毛毛蟲。

「咦，下雨了嗎？」毛毛蟲疑惑的打量天空：「大太陽的，不可能是雨呀！」

毛毛蟲東找西看，是果農的口水嗎？還是麻雀的尿尿？

「唉，那是我的眼淚呀！」蒼老的聲音把毛毛蟲嚇了一跳。

「你怎麼啦？為什麼掉眼淚？」

「我的主人嫌我不中用啦！」老蘋果樹低低啞啞的說。

「他是不是要把你砍掉？」

老蘋果樹沙啞的說：「他沒有說是不是要把我砍掉，他嫌我老了不中用了！」

「他會怎麼做？」

「我不知道他會怎麼做，他嫌我老了，不會結蘋果……」

「那你為什麼不結蘋果呢？」毛毛蟲不客氣的問。

老蘋果樹難過到極點：「我……我很努力……開了許多花……可是……這些花都不結果實啊！不是我不長啊……不是啊……」老蘋果樹哭得好傷心，樹幹都震動了。

毛毛蟲抓緊了樹皮，慌得大聲叫：「別哭，別哭呀！我不被你淹死也會被你摔死唷！」

等老蘋果樹平靜下來，毛毛蟲喘了一口氣，說：「好吧，我替你想想辦法。」

「謝謝，謝謝。」

「別謝啦，我還沒想出辦法呢！」

毛毛蟲腦子聰明得很，他一連觀察了好幾天，終於找出原因。

這棵蘋果樹長得特別高、特別壯，可是卻害它長不出蘋果！

「為什麼呢？」老蘋果樹不明白。

毛毛蟲哼口氣：「誰叫你長那麼高！現在的蝴蝶、蜜蜂全都是『肉腳』，沒辦法飛到你的樹枝上、花上。再說，其他蘋果樹低低矮矮的，蜜蜂蝴蝶不必怎麼費勁就能採到花蜜，夠他們吃飽啦，誰還要辛苦的飛到天上，去替你傳播花粉呀！」

原來是這麼回事，老蘋果樹恍然大悟：「這麼說，我是再也沒法子長蘋果囉？」

「別急嘛，我一定會想出辦法的。」

毛毛蟲抬頭望望樹頂，天哪，這麼遠，要爬到幾時才會到達？他努力弓起身子，向前爬行。爬累了，毛毛蟲就找片葉子休息，順便填飽自己。等休息夠了，他又繼續爬，麻煩的是，他的後腳經常撞上前腳。

「喂，你太慢了啦，走快一點！」後腳不耐煩的叫。

前腳也沒好氣的回答：「你以為走前面舒服啊，我要探查路線，還要拉你一把，哪像你，輕輕鬆鬆，只會鬼叫！」

「喂，誰說我輕鬆？每次都要我使盡力氣推你，不然你會走啊！」

前腳後腳吵得不可開交，毛毛蟲只好少看點風景，專心管理自己的腳，不讓它們罷工。

這樣的旅程實在辛苦，走著走著，毛毛蟲的身體肥壯多了，爬起來喘噓噓的。

老蘋果樹很悲觀：「毛毛蟲，你這辦法恐怕行不通，我的第一朵花要開了！」

「叫你的花先別開，等我爬上去了再開，不然，誰替你傳花粉呀！」毛毛蟲邊拱起身子邊說。

「第一朵花還可以等，可是時候一到，蘋果花都要開的，到那時候，滿樹都是花，我沒辦法叫它們等呀。」

說得也是，毛毛蟲只好死命爬快一點。

就在老蘋果樹的第一朵花開的同時，毛毛蟲也不見了，老蘋果樹沙啞的叫了好幾遍：「毛毛蟲，你在哪裡？」

「第一朵花開了，再過一段日子，所有的花就會全部綻開了。」

「毛毛蟲，你是我唯一的希望，你別丟下我不管呀！」

「毛毛蟲，你到底怎麼了？是被蜘蛛還是螞蟻吃掉了？」

「呸呸呸，你亂講話！」毛毛蟲躲在厚厚的蛹裡，悄悄地想。變成蛹的毛毛蟲，什麼聲音也不敢發出來，這種緊要的時候，若是被任何東西發現了，他準死無疑！

老蘋果樹一連幾天看不到毛毛蟲，失望的想：「唯一的朋友也不見了，唉！今年是不可能結蘋果了。說不定，主人會把我砍了吧？」它心一橫，決定讓這最後一次的花朵開得最大、最美。

於是，當果園裡的果樹都開花了，蜜蜂蝴蝶滿園飛舞的時候，老蘋果樹的枝頭依然靜悄悄，沒有花訊。

「哎呀，你這老樹真是不中用了，連花都開不出來！」主人來到園

子裡，嘟噥的數落老蘋果樹。

「等著吧，我會開出最好的花來！」這樣想的老蘋果樹不再理會主人。它晃動枝葉，沙啞的呼喊著：「我不能再等你啦，毛毛蟲。過幾天，我的花朵們就都要開了，雖然你不能替我傳播花粉，我還是很感謝你！毛毛蟲，你聽到我的話了嗎？」

「我聽到啦，誰說我不能替你傳播花粉的，等著吧，過幾天，我的身體就長成了。」躲在蛹裡的毛毛蟲努力改變自己的身體，這些話，他只能在心裡說給自己聽。

幾天後，老蘋果樹高高的枝葉上開滿了粉嫩的花朵，特別大的花瓣，特別濃的花香，特別美的花色，特別多的花朵，老蘋果樹的花的確是很不一樣！

「嗨，你好。」有隻蝴蝶飛來。

「你好。」「你看，我的姿態美不美？」「你辛苦了，快來歇一會兒。」「我的花粉很香喔！」「我的蜜汁很甜哩。」花朵們活潑的向蝴蝶問好聊天。

這隻蝴蝶停在樹上，大聲的讚美：「喂，老蘋果樹，你真的很特別喔，連開出來的花也這麼美麗大方。」

老蘋果樹疑惑的打量這隻蝴蝶，特別大的身體，特別有力的翅膀，特別鮮艷的花紋，這隻蝴蝶也很不一樣！

「你是誰？為什麼本事這麼好？能飛到這麼高的地方來！」

「我是毛毛蟲啊，我答應過要替你想辦法的呀，還好，我的翅膀很強壯，哈哈。」

老蘋果樹驚喜的看著他：「老朋友，原來你變成蝴蝶啦！」

「是啊，求人不如求己，我這辦法不錯吧。等我替你把這些花都傳

過粉，接下來就靠你自己嘍，你可要爭氣點，長出最特別的蘋果來。」

「是的，是的。」老蘋果樹沙沙地笑了：「我的拿手本事就是，專門結最特別的果實，呵呵呵……」

主人來到老蘋果樹下，抬頭看著滿樹花朵，好半天才嘆口氣：「你呀，每年都開花，可是就不長果實，我看今年也差不多，不長果子的樹，有什麼用！」

老蘋果樹不吭聲，它忙著送養份給每一朵花。在這高高的樹上，空氣好、陽光充足，連蟲害都沒有，只要養份夠，「我的蘋果絕對是特別的好。」

蝴蝶每天來看這些花，陪老蘋果樹聊天。漸漸的，枝頭上的花掉了，一顆顆圓圓小小的果實露出來，蝴蝶很得意：「哇，我真行，讓這麼多花結果子。」

「可不是嗎？告訴你，我們合作生產的蘋果絕對是一流的。」

「噢，這是我最大的成就哩。」蝴蝶繞著老蘋果樹飛上飛下，很快樂。

園子裡其他果樹收成時，工人摘下蘋果，一簍一簍裝上車子運走。忙碌嘈雜的聲音催熟了老蘋果樹上的果子，紅通通、圓滾滾的掛滿樹，隨著風彈動。

「老朋友，咱們的果子要收成啦！老朋友。」老蘋果樹沙沙喊著。

「咚」，第一顆蘋果落下，像個紅皮球似的掉落地又跳起來，正巧

滾進簍子裡。工人瞪大眼，看著這顆自己「跑」來的蘋果：「什麼玩意兒？皮球也做得像蘋果！」

「喂，是蘋果啦！」工人們瞪大眼，驚訝得捏捏敲敲：「怎麼長這樣大？」

「呵呵呵，這是今年最特別的蘋果呀……」老蘋果樹很開心。它一笑，枝葉全抖動起來，蘋果們搖搖晃晃的都待不住了，「再見！」「拜拜！」紛紛向老蘋果樹道別。

「老朋友，果子收成啦。」老蘋果樹邊笑邊喊。

樹底下，工人們忙著撿蘋果。

「哇，一輩子也沒看過這種蘋果。」

「啥東西嘛，這麼跳，跳！」

「唉喲，你怎麼撞我！」「抱歉抱歉，蘋果跑到你這裡來了。」

「喂，喂，跳過去了，快接起來呀……」

「這邊，這邊……」

有人笑、有人叫，有人跑、有人追，果園裡喳喳呼呼的。

「這是做什麼？你們怎麼把蘋果丟來丟去！」主人氣沖沖的跑來罵人。

「咚」，他的頭被蘋果打到了。

「老闆，你看看，這棵蘋果樹結的蘋果很不一樣喔。」工人們爭著嚷：「嘿，可以玩還可以吃。」「很甜的咧。」

主人抬起頭：「嘩，老特別，你真的又結果實啦？」

老蘋果樹看著滿園咚咚跳舞的蘋果，笑個不停：「我的果實一向都很特別呵……」

「老朋友，咱們的果實收成啦，你看到了沒啊？」它搖著枝葉喊。

「這全是你的功勞呀！」看著滿園跳舞的蘋果，老蘋果樹不笑了。老朋友怎樣不來了呢？為了傳花粉，他一定累壞了，是不是去休息了？到底有多久沒看見他了？

「唉，我怎麼把老朋友冷落了！」老蘋果樹難過的想：「老朋友，你去哪裡了？咱們的蘋果收成啦，你看到了沒啊？」

它搖著枝葉，喊：「你在哪裡？」

「老朋友，你在哪裡？」

「你在哪裡……」

大樹公寓

太陽剛剛把天空的臉擦白，公寓頂樓立刻有了動靜。

「起床了，起床了。」龍眼樹上的麻雀媽媽，這兒叫叫，那兒喊喊。

「啾啾」「啁啁」，小麻雀們飛出巢，啄啄跳跳，梳弄身上的羽毛。

「媽媽，我們今天去哪裡玩？」

「對嘛，我們今天要做什麼？」

「最好能到遠一點的地方去。」

小麻雀們邊做操邊聊天。

「欸，孩子們，跟我來。今天，我們要到一個大花園去，你們可要跟緊一點，別飛丟了。長大嘍，要會照顧自己……」麻雀媽媽拍動翅膀飛起來。

「啪啪啪」，小麻雀們爭先恐後也飛上天：「哇，太好了！」「我要去，我要去！」「媽媽，那裡好玩嗎？」「遠不遠啊？」

一大群麻雀衝出龍眼樹後，立刻就在陽光裡化成黑點。

嘰嘰喳喳的聒噪消失了，空氣裡流動著清涼的風，滲雜著淡淡花草香味，大樹公寓的住戶不約而同鬆口氣，閉上眼又睡起回籠覺。

「唉」，九重葛搖著一串鮮紅欲滴的花瓣說：「這一大家子總算走了，大清早就這麼吵，真受不了。」

「哼，被你整天整月整年的抱著，我才受不了你哪。」高大的鐵刀木沙啞著嗓門抱怨。

「喲，我已經夠安份了，不像麻雀那樣耍賴、吵嘴的，只是讓我靠一下，有什麼損失嘛……」九重葛嘮嘮叨叨，帶刺的枝幹磨在鐵刀木身上，痛得他閉上嘴，不敢再抱怨了。

個兒最高的龍眼樹，沉默的曬著陽光，他要好好享受這片刻的寧靜。

陽光繼續在枝葉間打探，用他熱熱的手，去拉起每一個偷懶貪睡的生命。

金龜子趴在樹葉上吸吮甜美的汁液，獨角仙和蟬抱著樹幹玩捉迷藏，蜘蛛躲在他們頭頂上偷笑，準備張起網去捉弄人家。

「嗡嗡嗡」，蜜蜂忙著採花蜜，蝴蝶和飛蛾擺動輕巧的翅膀也來了，一起分享這排大樹上的每一朵花。

大黃狗走過來，在每一棵樹下聞一聞，抬起腳撒尿，這兒是他的地盤，得要做上記號。

樹蔭下的綠草叢裡，因為黃狗到來起了一陣騷動。

「喏，這大黃狗就是昨晚的冠軍。」螽斯跳來跳去，彷彿他就是選手。

「昨晚鬥得真兇狠。」像枯枝般的竹節蟲附和著。

「我以為小黑狗會贏」，蟋蟀鑽出地洞來評論：「想不到是大黃狗當王。」

蚱蜢和螻蛄邊跳邊說：「他長得大又壯，而且有經驗！」

在另一頭，大樹公寓地下室裡的螞蟻們，慌慌張張往樹上爬，哇，好像全出動了。

「喂，發生什麼事了？」小瓢蟲伏在樹幹上問。

「我們要去搬食物。」一隻螞蟻匆匆說完，又插進隊伍趕路。

「我想也是這樣。」小瓢蟲飛到樹葉上去張望，噢，原來他們要搬的是一隻死蜥蜴，這可是大餐喔。

大樹公寓住滿房客，住戶們就在公寓周圍尋找他們的食物，不少住戶在這兒度過自己的一生，更還有連續好幾代定居的呢！

這整排公寓，光線明亮，空氣流通，樹下有大片綠草，每到開花時節，那可真是鳥語花香，美極了！不但動物們喜歡，連人們都愛到這裡來散步、運動、乘涼、談天。

當然，這完全是靠大樹們的辛苦經營，才有這麼蒼鬱茂密的綠蔭。

每天，大樹們努力工作，雖然不必到處走動，但是要這樣保持永遠立正的姿勢，實在是很困難又辛苦的事！何況，他們還要運轉體內的機器，製造自己的食物。

偶爾，微風來探望，在他們耳旁吟唱歌謠、報告新聞；也有時，風知道他們的辛苦，替他們按摩枝幹、撫摸枝葉，大樹們這才感到舒服好過些。

能住在大樹公寓裡，是多麼幸福的事啊！大樹公寓歡迎所有的動物定居，更敞懷招待每一個經過的客人。它使很多動物高興，不幸的是，它也使得許多人眼紅！人們就說：

「這一塊地，可以蓋很多房子哩！」

「對呀，這一大塊地空在這裡，太可惜了！」

「把這幾棵樹鏟掉，蓋公寓的話，能住不少人呢！」

「是嘛，這裡地點好，給樹住，太糟蹋了！」

這些話，大樹公寓的住戶們都沒聽見，於是，誰也沒想到，當一隻裝著鐵皮帶的怪物「控嚨控嚨」，怒吼著爬過來時，所有的快樂和幸福就在眨眼間，全失去了。

「控嚨——」地面一陣抖動。

「控嚨——」怪手挖起大塊大塊的泥土。

唉呀，蚱蜢先生的家被挖了，幸虧蚱蜢跳得快，才沒被切成兩截。

怪手「控嚨——控嚨——」，在樹下挖出一道土溝。貓姑婆慌張的把小貓咪叼走，這怪物是想吃小貓咪嗎？為什麼這樣惡狠狠的把人家趕走呢？

「控嚨——控嚨——」「吼——」怪手怒吼了，橡膠樹被怪手拉出來，推倒在地上。

「啾啾」「吱吱」「喳喳」「嘰嘰」，鳥兒們嚇得亂飛亂叫，整排大樹上的房客都著急了。

螞蟻忙著大搬家；蜜蜂慶幸自己會飛，拍拍翅膀就能脫離危險；白頭翁、十姐妹和白鸝鴣也飛往別處；住在樹上的蟲啊蛾啊，都忙著逃命。

這是什麼大災難呢？

蜘蛛看見網子裡飛來好多食物，正高興著，一陣天搖地動就被摔倒

在地上，網子破了，還是先逃走吧。

菩提樹哀傷的問：「我做錯什麼了？」黑板樹也很疑惑：「我們犯了什麼錯嗎？」大樹們被怪手粗暴的推倒，又被殘忍的在地上拖行，紛紛發出低沉沙啞的哀號呻吟。

龍眼樹全身一陣顫慄，他用力抓緊泥土，不肯被怪手推倒。「你為什麼侵犯我的家？」他刷刷沙沙的問。

「控嚨，控嚨」，怪手沒回答問題，只用冷酷的動作回應龍眼樹。

「吼，吼」，怪手的力量好大呀，抵住他的身體，想打倒他。

龍眼樹不停發抖，玻璃珠大的龍眼簌簌落下，像一場雨，也像一串淚珠：「不，不，我絕不屈服！」

「吼吼——」怪手吼出更大的力氣，樹底下挖出一個大洞，龍眼樹的根露出來，怪手朝樹根挖去。

「唉，唉，我的腳！唉……」劇烈的顫抖傳過他的身體，「彭轟」一聲大響，龍眼樹敵不過怪手，身上枝幹斷了，龍眼樹葉撒散一地，他頹然倒下。

四竄奔逃的住戶們停住身子，回頭看著龍眼樹，生氣又難過的嚷：「唉呀，這是做什麼呀！」「為什麼這樣？」「這樣子多難看！」「大樹公公好可憐喔！」「太不講理了！」

是啊，太可怕了，居然把大樹公寓挖掉。陽光，曝曬著光禿禿的泥土，為了失去窺探動物的樂趣而生氣。

遠足回來的麻雀一家，望著這樣蒼白凹陷的土坑，驚訝極了。七零八落躺在地上的，不再是能讓他們棲身的大樹；綠綠的枝葉將很快轉黃、掉落；粗壯的樹幹不久會乾枯……

「怎麼會這樣呢？」

「他們討厭樹嗎？」

「是要趕我們走嗎？」

「其他的鄰居呢？都走了嗎？」小麻雀吵個不停。

「唉，孩子們，沒有關係啦，提起精神來，你們都大了，住哪兒都行啊。去，去，快去找住的地方……」麻雀媽媽催促著。

「來吧，我們再去找大樹。。」

「對啊，去找新的大樹公寓。」

「最好找更大一點的！」

「可是，在這城市裡，去哪裡找這樣有花、有草、有樹，又有許多鄰居的地方呢？」

「媽媽，還會有大樹嗎？」

嘰嘰喳喳，一群麻雀飛上天空，飛散，遠去……

天神的兩顆淚珠

層層疊疊的深山裡，有一處隱密的山谷，四周高大的樹木和叢生的藤蔓，如同堅固的城牆，把它圍住了，登山客從來不知道有這一處山谷，住在山裡的人家也沒發現它。這山谷，幾百年不曾出現過人跡。

天神赫曼於是把心愛的眼淚藏在這山谷裡。

傳說，天神向來笑容滿面，就算生氣動怒，也不會哭泣落淚，因為，每個天神只有兩顆淚珠，用完就沒了，而失去淚珠的天神將會變成雲朵，在天空和陸地間徘徊；不再是天神，也不會變成凡人，而是飄浮在天地間的幽靈。眼淚，是天神的護身符！

裝在白玉盒裡的兩顆晶瑩滾動的淚珠，被天神赫曼小心埋藏在山谷裡的一個天然地穴中。每天夜晚，天神赫曼會來巡視，抱著淚珠過夜，再搭著清晨白紗般的煙嵐回到天上。

天神赫曼的秘密只有大蟬王納瓦知道。住在山谷邊參天古木上的大蟬王納瓦，身體有一個壯年人的巴掌大，全身除了透明的羽翼外，都已變成蒼老斑駁的黃褐色。

「我也不知道為什麼我這麼老了！」納瓦發現牠足足有一百多歲了，比山裡頭的任何一個動物或人類都要老！

那是當然的啦，因為，天神的一夜，就是凡人的一年，納瓦只要看見赫曼一次就又過了一年。可是納瓦不知道自己受了「神氣」的庇蔭，牠只發現，每天清晨飛到山谷外，尋找前一天的夥伴時，都只見到新面孔，前一天認識的朋友呢？

「早就死了。」納瓦總是得到這種回答。

「難道跟我見過面的夥伴，都只能活一天嗎？」牠黯然的回到棲身的古木上，忍不住高聲嘶吼起來。

大蟬王的歌聲嘹亮清越，穿過叢叢樹林，迴盪在山區裡。登山客停下腳嘖嘖稱奇：「山裡的蟬叫起來特別大聲！」住在山裡的人家放下工作，搖搖頭：「這一定是大蟬王，只可惜不知道牠住哪裡！」

納瓦的歌聲撩起所有蟬兒的心思，一齊放聲高唱，滿山是悠長響亮的蟬鳴。納瓦的歌聲在山谷裡繚繞，躺在玉盒裡的淚珠也聽到了，在盒裡滾動跳躍，隨著蟬嘶起舞。

當太陽斜過山頭，陽光離開隱密山谷後，納瓦才收起羽翼嘎然住聲，期待明早還能再見到這天合唱齊奏的夥伴。

天神赫曼不知道這些事，他在星子眨眼、夜涼如水的時刻來到山谷，拿出白玉盒的剎那，樹上的納瓦還以為是月亮掉落在這兒了！

玉盒閃閃生輝，可是，打開盒蓋後，寶藍色的水光立刻暈染開來，更加眩目，像兩顆晶瑩剔透的藍寶石，美極了。

樹上的納瓦注視著這絢麗耀目的光，渾身舒暢輕盈，好像剛擺脫厚重的殼，羽化，晾乾翅膀的那一刻。

赫曼驕傲滿足的蓋上盒蓋，抱著玉盒躺臥下來。山谷裡柔軟如毯的綠茵透著清草的芳香，就是他舒服的床榻。

納瓦也在這時放心休息，牠知道，有赫曼在，山谷非常安全，但牠不知道的是，這樣的一夜，山谷外已經過了一年。

等到天亮，赫曼不見了，氤氳的薄霧罩著山谷。納瓦飛離樹梢，飛出山谷，想確定牠心中的疑惑。

山區裡的樹上釘著許多蟬的軀體，「死了！」納瓦心中一沉。

盤據枝頭的是剛羽化的春蟬，見到納瓦紛紛大驚小怪：「你是誰？」「怎麼比我們大這麼多？」「你也會叫嗎？」……「為什麼？」「為什麼我不一樣？」回到山谷，納瓦奮力嘶喊，霎時間，整個山區一片蟬鳴，叫鬧喧嚷，把氣氛炒熱了。

玉盒裡的兩顆淚珠聽到納瓦的歌聲，也躁動得蹦彈跳躍，把盒蓋都撞開來。

淚珠們循著納瓦激憤的歌聲跳出地穴，見到山谷明晃刺眼的陽光。第一次見識到陽光的淚珠們不知道厲害，還歡喜的翻滾追逐，可是，不一會兒，它們覺得炙熱痛苦，一股來自天上的力量抓扯它們，想再躲回地穴，回到玉盒，已經沒有力氣了。

太陽曬乾了這兩顆淚珠，讓它們蒸發在空氣中，找不到半點兒痕跡。

納瓦引領著滿山的蟬兒喧嘩鼓譟，山區裡蟬聲迴盪，登山客掩著耳朵走出山區，住家們不安的猜想：山，會不會被蟬聲給震垮？

太陽剛走過山頭，納瓦也霍地停住歌聲，疲累乏力的趴在樹幹上，聽著其他蟬聲漸漸稀落、冷清，而後一片安靜。

夜，涼颼颼；風，颯颯響。天神赫曼來到山谷巡視他的寶貝，然而，玉盒被打開，他引以為傲的淚珠不見了，玉盒閃著冷冷光輝，而流動的水藍寶石消失了！

「噢！」赫曼悲傷得大喊，山谷天搖地動，樹木紛紛傾斜折斷，納瓦受到驚嚇，飛離樹梢，帶著長長的蟬鳴劃破空氣，飛出山谷。

「噢！」赫曼在變成雲朵之前，喊出悲切哀悽的最後一聲，山石劈劈啪啪轟然砸下，山谷頓時露出了一處缺口。

天亮後，山區的住戶們惴慄驚悚的前來探查。在山谷前坍塌的樹幹上，先看到一隻巴掌大的巨蟬，動也不動的釘在樹幹上，又在傾圮的山壁後，發現一處他們從沒見過的山谷，滿地東倒西歪的樹木落石中，一方池水靜靜流動著波光。奇異凌亂的景象，仍掩不住山谷原來的美麗和神秘。

「大蟬谷」從此帶著山崩似的蟬鳴，伴隨白雲飄渺的幽靜池水，走入人們的記憶和傳說裡。

小土兒的天空

當秋風把樹葉一片一片吹落的時候，小土兒就看見爸爸媽媽和別家的大鳥們，不斷在開會，伸著長脖子轉來扭去，討論好久。小土兒知道，一定有什麼大事發生了。

「小土兒，跟著來，記住啊，一定要緊跟著爸爸。」一天，爸媽叫喚他。

張開翅膀，小土兒高興的在天上飛。風被他刺破了，從身邊滑過去，真舒服。

「飛得不錯。」媽媽就在後面隨時教他：「腳要向後抬，和身體平的才好。」

小土兒照著媽媽的話，把姿勢調整好。他朝周圍看看，才發現有很多同族的鳥都在天上飛，當然，他也看到別的鳥。

「難得耶，這麼多鳥一起在天上飛，是不是要比賽呀？」小土兒心裡想，努力讓自己飛得更好、更快。

爸爸回頭看他，安慰的叫：「小土兒進步多了。」他也高興的大聲說：「謝謝。」不過，不知道爸爸有沒有聽見。

「編隊！」爸爸突然這樣叫。

小土兒還沒弄清楚意思，媽媽已經催促他：「小土兒，快，往左邊些，飛到你爸爸的左後方。」

「喔。」這時，他注意到，在另外一邊也有一列隊伍，呀，「原來我們不是隨便亂飛的。」其他別種鳥兒這時已漸漸飛遠了。

「要飛到哪裡呢？」小土兒懷著疑問。

這個問題在整個鳥隊伍停下來休息時有了答案。

媽媽說：「小土兒，今天飛得很好，不過要記住，把腳往後抬平。」

「知道了，我們要飛到哪裡？」小土兒問。

「南方。」爸爸教他：「氣候越來越冷，我們要到溫暖的南方去過冬。」停了一下，爸爸又說：「小土兒，我們要飛很久，你要很努力才行喔。」

「是啊，小土兒，你自己得加油，爸爸媽媽幫不了你，你要勇敢些。」

小土兒牢牢記住媽媽的話。

這真的是困難又漫長的旅途，尤其在遇上強勁的寒冷氣流時，風像是魔鬼，推他擠他，小土兒費勁的鼓著翅膀，感到有很重的東西壓在身上。

他不敢叫，爸爸在前面已經替他擋住不少阻力，而媽媽跟在後面，也一直替他擔心，他要靠自己！

就這樣，小土兒跟著爸媽飛了好久好久。

長途的飛行訓練使他長大，翅膀有力，胸肌厚實，唯一的麻煩是，他的腳總忘了要向後抬平。

一路上，爸媽除了提醒他改正這個缺點，也教他不少知識。

「我們這一族叫做黑面琵鷺。白鷺鷥的身體像我們，卻沒有我們大；水鴨的嘴像我們，但我們的嘴漂亮多了。」

「不過，我們的數量實在太少了，像這次，我們只有一百隻左右。」

「也許在別處還有我們的族鳥吧！」小土兒心裡想。

陸上景物隨著他們的移動一再改變，黃黃的土地變成綠綠的田野，光禿的樹木也逐漸換成綠油油的樹葉；灰暗的天空漸漸有了陽光，有了藍色笑容。他們已經來到溫暖的南方。

「小土兒，別靠近人類！」爸爸提醒他。

「是啊，我們要找個像北方老家那樣的河口、沼澤，有草叢的地方住下來，不過，千萬別讓人類發現你呀！」媽媽也叮嚀著。

小土兒記住了，可是，他沒有做到！

小土兒認識了一個人類，那是他無意間碰到的，這是個秘密喔。

「大烏乖，我不會告訴別人說你在這兒，我們要保守秘密，好不好？」穿紅衣服的小女孩，張著黑黑亮亮的大眼睛，這樣跟他說。

「我叫平平，我還有個弟弟叫安安，他一定會很喜歡你，可是他那麼小，不會守秘密。」小女孩平平坐在他面前，剛好和他一樣高。

「你要不要吃餅乾？」平平把餅乾攤放在手上，伸到小土兒嘴邊。

小土兒把嘴抬開。

平平自己咬了一口，邊嚼邊問：「你吃什麼呢？雞飼料嗎？」

看她吃東西，小土兒也餓了。他來找食物，卻在岸邊遇到來玩耍的平平，雖然不會說人類的話，小土兒也知道平平的意思，但他是不吃那種東西的。

小土兒低下長脖子，扁嘴巴在淺水爛泥中，找著他所要的食物：小

蟲、小魚，自個兒吃起來。

遠遠有叫喊聲：「姐，姐……」平平趕快把餅乾吃完，站起來：「大鳥，我要回去了，明天再來。要守秘密喔，再見。」

小土兒拍拍翅膀，飛上天，平平一直看到小土兒飛遠了才走開。

爸爸媽媽都不知道平平的秘密，連可愛的弟弟安安，也不曉得大鳥的事情。

平平不能每天去沙洲玩，她要上學，回到家要寫功課，爸媽也說，沙洲靠近海，一個人去太危險。所以，平平只能在傍晚，趁爸媽忙的時候，偷偷去沙洲旁的河岸邊，看看大鳥來了沒。

「大鳥一定也有家人。」平平對著滿天紅霞，在一群群掠過水面的鳥兒裡，尋找她的朋友。只有她的朋友會在飛行的時候垂下一隻腳，平平覺得：「大鳥真聰明啊！」想到這麼巧妙的信號，使她不會認錯朋友。

「你知道嗎？我只要看看垂下一隻腳的，那就是你了，很容易認喔。」平平告訴小土兒。

小土兒有點難過，媽媽一直提醒他，飛的時候腳要向後抬平，他還是沒法子正確做到，連小女孩都看出他的動作不夠好。

「你真厲害，有了這個記號，我就知道是你在跟我打招呼了。」平平這麼說。小土兒又高興起來，他想：「我一定要改過來，只有看到好朋友時，才垂下腳跟她打招呼。」

小土兒一直沒跟爸爸媽媽說起平平的事，但是媽媽問他：「小土兒，你已經飛得很好了，為什麼有時候還要垂下你的腳呢？」

爸爸也說：「小土兒，那樣子很難看，會被所有的鳥類笑的。」

這是秘密呀！小土兒不能說。倒是有一件事情一定要說出來：「我可以自己去探險嗎？」

「探險？啊，這……」媽媽很猶豫。

「小土兒，你去吧，回來後跟我們說說你的發現。」爸爸知道，小土兒必須這樣才會真的長大。

現在，小土兒很快樂的沿著海岸向北飛行。

雲層變厚了，天灰灰的，小土兒想起他們就是經過這條路線來的：「我還是往山裡去吧。」

好奇貪玩的小土兒，忘了先填飽自己的肚子，儘管在山區裡痛快的繞了一圈，卻不知道哪裡能找到食物。

大老鷹曾追趕過他，好可怕呀！小土兒第一次感到自己的大嘴巴那麼笨重，老鷹尖嘴利爪加上淒厲的嘯聲，把小土兒嚇得不斷鼓動翅膀。

一直到他糊裡糊塗飛進了熱鬧的都市上空，老鷹才消失不見。「也許是我侵犯他了！」小土兒想。

好不容易回到海岸上空，他改向南飛。經過爸媽和族群居住的那個河口時，小土兒把腳向後抬平，讓身體保持最美的姿勢：「我不能讓爸媽失望。」

更南方，他遇上越來越多昔日的鄰居，雖然不同族，但都很友善的打招呼。南方的河口，泥岸不多，小土兒邊找食物邊想：「幸好我們沒有住在這裡。」

有些事情讓小土兒很疑懼。就在他放慢速度想看風景時，發現了鳥兒停在半空中動也不動的怪事，小土兒盤旋幾次後才明白，是大網子卡住了鳥兒。

「網子怎麼這樣掛呢？」疑問在他心裡張掛著。

他也注意到，有些鳥兒倒吊在竹子上、樹上，哀叫掙扎或已經死去。他在途中結識的朋友，就在飛上樹梢休息時，「啪」一聲被吊起

來，那兒原本是小土兒想憩息的地方！

「為什麼這樣呢？」能夠解答他疑問的，是爸爸媽媽。

聽完小土兒的這些遭遇，媽媽也很難過：「那都是人類設下的陷阱，幸好你躲過了。」

「小土兒，別靠近人類，要記住呀！」爸爸又一次強調。

「可是，平平不會害我的。」小土兒心裡想，他仍舊沒說出小女孩的事。

隨著寒冬的腳步，平平放寒假了，她每天都去到河邊。鳥兒少了很多，不過大鳥仍然飛來和她打招呼。弟弟安安整日跟著她，「有隻鳥朋友」已經成為姊弟倆共同的秘密，他們還摸過大鳥哩。

「大鳥乖，摸摸。」只要安安口齒不清的這樣叫，小土兒就把嘴伸向前，讓安安碰一下。

「大鳥，你要小心喔，最近有人來這裡抓鳥喔。」平平想起大人聊天時，提到打野鳥的事，老師也說過，這一群琵鷺是很珍貴稀少的鳥，她擔心極了：「那些大人有的還帶槍，你別被他們打到了！」

這樣的消息，並不影響小土兒對平平和安安的信任，他仍然按時飛到河邊，垂下一隻腳，和地面上那揮動的小手打招呼。

有個清晨，鳥兒們在沙洲上、河口泥岸上，戲耍、找食物、整理羽毛。突然一聲槍響，鳥兒們頓時亂成一團，「是獵人！」

「小土兒，快走！」爸爸叫。

成群的鳥兒「啪啪」「唰唰」「噗噗」都衝上天。

小土兒沒空去看發生什麼事，緊跟著爸爸媽媽拼命向前飛，有些鳥兒弄不清方向，大家都散了。

槍聲又響起，小土兒忍不住回頭看，只瞄到一團白毛墜下去，空中

傳來鳥兒們此起彼落的哀鳴。

安全回到草叢裡的窩，消息也很快傳來：「小莎兒和歪脖兒被獵人打中了，另外還有兩隻鳥不見了。」

「領隊打算明天就離開這裡。」

「要去哪兒？」媽媽問。

「再往南，直到確定大家都能平安過日子。」爸爸很快回答。

媽媽嘆口氣：「唉，去年我們在這裡過冬，平安無事的。」

爸爸轉頭對小土兒叮嚀：「你要記住，環境是會變的，所以，小土兒，隨時都要準備搬遷呀！」

「那麼，不再回到這裡了嗎？」小土兒有點捨不得。

「不，我們的老家在北方，別忘了，我們是從那裡飛來過冬的，冬天一過，我們就要再飛回去。」爸爸教他。

「也許，在回去時，我們會經過這裡。」媽媽說。

是的，他們只是來這裡短暫停留的客人！小土兒決定去跟他的朋友說再見。

「大鳥，大鳥。」平平和安安看到好朋友出現，高興的揮手叫喊。

小土兒不想下去，他伸出腳和朋友打招呼，又在平平和安安頭上繞了兩圈，最後，他把腳向後抬平，回去了。

「大鳥，再見。」平平圈著手喊。

「砰！」一聲槍響蓋住平平的聲音，大鳥摔下來了。

糟糕，是那些打野鳥的人，大鳥一定被射中了！大鳥呢？他掉在哪裡？

「安安快，我們去找一找。」平平背起小安安跑向沙洲。

希望大鳥掉在樹林或草叢裡，要是掉在河裡或海中，她要怎麼救呢？

她背著安安，小心地爬下河岸，走上沙洲。

「姐，鳥鳥，鳥鳥！」安安在她背上跳。

「在哪兒？」平平回頭問。

安安指著一堆草叢，平平跑過去。呀，是大鳥，他受傷了！肚子的羽毛被血染紅一大片。

看到血，平平有點害怕。

「鳥鳥，鳥鳥！」安安叫著，大鳥張開眼睛又閉起來。平平抱起好朋友，背著安安就往家裡跑。

大鳥軟軟的躺在臂彎裡，平平努力抱住他。那扁大的嘴巴不時打到平平的臉頰，平日在空中輕盈飛翔的身軀，這時卻像大石頭那麼重。平平的腳慢下來了。

「安安乖，你自己走，大鳥很重喔，我走不動了。」

小安安爬下姐姐的背，往家裡跑，一路喊著：「媽媽，媽媽……」

「安安！你怎麼自己回來？姐姐呢？平平沒跟你一起嗎？」

「鳥，鳥。」安安伸著胖胖的小手，指著：「那邊……」

「什麼鳥？平平呢？」媽媽還想問清楚些，爸爸已經發動摩托車：

「我去看看。」

不一會兒，平平和大鳥被爸爸載回來了。那真是一個混亂的場面啊！

「桌子清出來！」

平平趕快把桌上的報紙、糖果盒、玩具都拿走。

「鋪報紙，要多一點。」

媽媽忙著找舊報紙。

「藥箱呢？」

平平爬上椅子，從高高的櫃子裡捧出黑色藥箱。

「毛要先剪掉。」媽媽說。

「好，剪刀記得消毒。」

「知道。」

「棉花再多一點。平平，把垃圾筒拿過來。」

媽媽當護士，爸爸做醫生，繃帶、紗布、棉花、酒精、藥水、剪刀、夾子……一大堆東西傳來傳去，平平看得眼花撩亂，心裡怕死了。她好怕大鳥死掉，又怕爸爸媽媽罵她，還有，那個開槍的人，會不會找到家裡來，繼續做壞事？

可是，平平也很高興，爸媽肯救她的朋友，屋子裡這麼忙這麼亂，安安好可愛，都不吵。全家人都關心她的朋友，想救活大鳥，她決定要把所有的秘密都說給爸媽聽。

天全黑了，小土兒裹著紗布，睡在一個大紙箱裡。爸爸對平平、安安說：「你們的朋友沒事了。」媽媽摟著兩個孩子笑：「我很喜歡你們的秘密喔。」

就在他們說笑的同時，另一對父母卻焦急的到處尋找孩子。

小土兒不見了！

爸爸媽媽哀傷的睡不著，小土兒究竟去哪裡了呢？明天就要離開這裡，如果小土兒沒跟上來，那怎麼辦？他們就要這樣失去小土兒嗎？

「小土兒，小土兒……」睡夢中，小土兒看到爸爸媽媽在叫他，所有的族鳥都飛在天上，他們的嘴好長、好漂亮。又看到穿紅衣服的平平和安安，在地上招手，還有好多人類，每個人都帶著笑容歡迎他們。

小土兒興奮得伸出一隻腳，向大家招呼。

「大鳥，大鳥……」平平在叫他，小土兒醒了。

「嗯，鳥朋友，好多了吧！」陌生的聲音，來自一張友善的臉孔。

「大鳥乖，別怕，爸爸媽媽把你的傷醫好了，還要請你住下來。」平平摟著小土兒：「你的同族鳥類都不見了，爸爸說他們飛到別處去，也許還會再回來。你別難過，我們全家都喜歡你。」

「鳥鳥，摸摸。」是胖嘟嘟的安安。小土兒轉動脖子，把嘴伸到安安面前，爸媽不禁笑起來：「哇，謝謝，謝謝。」

寒假裡，小土兒和平平全家人成為好朋友。他的傷口全好了，剪掉的毛也長得差不多了，這時，樹上發出新芽，空氣有著暖意，春天悄悄來了。

小土兒常想念爸爸媽媽。

「他們一定想不到，是人類救了我。」春天了，那是黑面琵鷺要返回北方的時候，「他們會回來找我嗎？」不管怎樣，小土兒都決定離開，回北方去！

「來吧，大鳥。」爸爸抱起小土兒到屋外去。

藍天是極大的誘惑，小土兒張開翅膀、拍打、提身往上，好呀，他又回到從小熟悉的天空了！

愉快的飛行幾趟後，小土兒回到平平的家。

媽媽開心的問：「他要留下來陪我們嗎？」

「不，他只是在等。」爸爸很瞭解，大鳥在等氣流傳給他的訊息。

一天，小土兒聽到空中傳來的叫聲，是媽媽在喊：「小土兒，小土兒……」他興奮的拍動翅膀，飛出去。

「大鳥，大鳥……」「出了什麼事？」「怎麼搞的！」平平家人訝異的跟出屋外查看。

哇，天上出現一個「人」字，輕輕柔柔的浮在空中，飄舞著。

「是一群鳥！」平平驚喜的喊。

果真是一群鳥，排成人字型隊伍，慢慢移動。

「鳥鳥，鳥鳥……」安安的叫聲驚動大家，他們的大鳥正飛向人字，有兩隻鳥離開隊伍迎向他。

「那一定就是大鳥的爸爸媽媽。」爸爸摸著平平的頭說。

三隻鳥加入隊伍中，魔術般神奇的隊伍漸漸飛遠。平平難過的流下眼淚，她捨不得失去這個好朋友呀！

「平平，你快看。」媽媽拍拍她。

含著眼淚，平平抬起頭，遠去的鳥群竟然又折回來了。他們飛得很慢，很低，越來越近。

平平抹去眼淚，仔細看著鳥兒。

每一隻鳥都那麼大，可以清楚看見翅膀的拍動，平平注意到，有一隻鳥垂著腳，頑皮的做划水的動作，像在表演特技。

「他在那裡！」平平笑出來，指著那隻特技鳥大喊。

那正是她的好朋友——小土兒，伸出腳向她打招呼：「謝謝你們，可愛的朋友，我們要回去了。」

「來吧，我們跟他說再見。」爸爸輕輕牽起平平和安安的手，向空中的大鳥們揮動。

「再見，黑面琵鷺；再見，大鳥。」揮著手，平平大叫。

美麗的隊伍，輕巧整齊的又轉了一圈，終於緩緩飛向遠方……

哈哈山的噴嚏王 / 林加春著. -- 一版. -- 臺北市：
秀威少年, 2013.03
面； 公分
BOD版
ISBN 978-986-89080-2-4（平裝）

859.6 102000197

國家圖書館出版品預行編目

少年文學02 PG0837

哈哈山的噴嚏王

作者／林加春
責任編輯／林千惠
封面、內文插圖／黃祈嘉
圖文排版／郭雅雯、王思敏
封面設計／王嵩賀

出版策劃／秀威少年
製作發行／秀威資訊科技股份有限公司
114 台北市內湖區瑞光路76巷65號1樓
電話：+886-2-2796-3638
傳真：+886-2-2796-1377
服務信箱：service@showwe.com.tw
http://www.showwe.com.tw

郵政劃撥／19563868
戶名：秀威資訊科技股份有限公司
展售門市／國家書店【松江門市】
104 台北市中山區松江路209號1樓
電話：+886-2-2518-0207
傳真：+886-2-2518-0778
網路訂購／秀威網路書店：http://www.bodbooks.com.tw
國家網路書店：http://www.govbooks.com.tw
法律顧問／毛國樑　律師

總經銷／聯寶國際文化事業有限公司
地址：221新北市汐止區康寧街169巷27號8樓
電話：+886-2-2695-4083
傳真：+886-2-2695-4087

出版日期／2013年3月　一版　**定價**／250元
ISBN／978-986-89080-2-4

秀威少年
SHOWWE YOUNG

讀者回函卡

感謝您購買本書，為提升服務品質，請填妥以下資料，將讀者回函卡直接寄回或傳真本公司，收到您的寶貴意見後，我們會收藏記錄及檢討，謝謝！如您需要了解本公司最新出版書目、購書優惠或企劃活動，歡迎您上網查詢或下載相關資料：http:// www.showwe.com.tw

您購買的書名：________________________________

出生日期：________年________月________日

學歷：□高中（含）以下　□大專　□研究所（含）以上

職業：□製造業　□金融業　□資訊業　□軍警　□傳播業　□自由業
　　　□服務業　□公務員　□教職　□學生　□家管　□其它____

購書地點：□網路書店　□實體書店　□書展　□郵購　□贈閱　□其他

您從何得知本書的消息？

□網路書店　□實體書店　□網路搜尋　□電子報　□書訊　□雜誌

□傳播媒體　□親友推薦　□網站推薦　□部落格　□其他________

您對本書的評價：（請填代號　1.非常滿意　2.滿意　3.尚可　4.再改進）

封面設計____　版面編排____　內容____　文／譯筆____　價格____

讀完書後您覺得：

□很有收穫　□有收穫　□收穫不多　□沒收穫

對我們的建議：________________________________

____

____

____

請貼
郵票

11466
台北市內湖區瑞光路 76 巷 65 號 1 樓
秀威資訊科技股份有限公司 收
BOD 數位出版事業部

（請沿線對折寄回，謝謝！）

姓　　名：＿＿＿＿＿＿＿＿＿＿　年齡：＿＿＿＿　性別：□女　□男

郵遞區號：□□□□□

地　　址：＿＿＿＿＿＿＿＿＿＿＿＿＿＿＿＿＿＿＿＿＿＿＿＿

聯絡電話：(日)＿＿＿＿＿＿＿＿＿＿＿＿(夜)＿＿＿＿＿＿＿＿＿＿＿＿

E-mail：＿＿＿＿＿＿＿＿＿＿＿＿＿＿＿＿＿＿＿＿＿＿＿＿